Hechizos para la

PROTECCIÓN

Silver RavenWolf

Traducido al Español por: Héctor Ramírez y Edgar Rojas

2002
Llewellyn Español
St. Paul, Minnesota 55164-0383 U.S.A.

S0-BDY-448

Hechizos para la protección ©2001 Silver RavenWolf. Todos los derechos reservados. Ninguna parte de este libro puede ser reproducido, incluso en el Internet, sin permiso escrito de la Editorial Llewellyn, excepto en el caso de citas breves en artículos importantes y en la crítica de libros.

PRIMERA EDICIÓN
Segunda Impresión 2002

Edición y coordinación general: Edgar Rojas
Diseño de la portada: Zulma Dávila
Ilustración de la portada: Kerigwen
Diseño del interior: Rebecca Zins
Ilustraciones: Shelly Bartek (excepto las páginas 23 y 167,
creadas por el Dpto. de Arte de Llewellyn)
Traducción al español: Héctor Ramírez y Edgar Rojas

**Library of Congress Cataloging-in-Publication Cataloging -in- publicacion data
Biblioteca del Congreso. Información sobre ésta publicación.**
RavenWolf, Silver, 1956-
[Spells for protection. Spanish]
Hechizos para la protección / Silver RavenWolf; traducido al español por Héctor Ramírez y
Edgar Rojas.
p. cm.
Includes bibliographical references and index.
ISBN 1-56718-731-5
1. Magic. 2. self-preservation--Miscellanea. I. Title.

La Editorial Llewellyn no participa, endosa, o tiene alguna responsabilidad o autoridad concerniente a los negocios y a las transacciones entre los autores y el público. Las cartas enviadas al autor serán remitidas a su destinatario, pero la editorial no dará a conocer su dirección o número de teléfono, a menos que el autor lo especifique.

La información relacionada al Internet es vigente en el momento de ésta publicación. La casa editorial no garantiza que dicha información permanezca válida en el futuro. Por favor diríjase a la página de Internet de Llewellyn para establecer enlaces con páginas de autores y otras fuentes de información

Advertencia: Estos hechizos no deberán ser utilizados en reemplazo de asistencia medica profesional.

Llewellyn Español
Una división de Llewellyn Worldwide, Ltd.
P.O. Box 64383, Dept. 1-56718-731-5
St. Paul, MN 55164-0383, U.S.A.
www.llewellynespanol.com

 Impreso en los Estados Unidos de América en papel reciclado.

Este libro es dedicado a:

quienes nos protegen y a nuestro personal de servicio de emergencia, crédulos e incrédulos.

Contenido

Hechizo muy caliente para tocarlo... Hechizos para viajes... Comprando con una gárgola... Magia de vacaciones... Magia de hotel... Si usted se pierde... Red de luz... Magia de aviones y aeropuertos... Protegiendo su vehículo... Si su vehículo se avería... Hechizos de protección para su casa... Bendiga su casa... Incienso de protección de Morrigan para el hogar... Agua de Florida... Encantos folklóricos para la protección de casas y apartamentos... Vibraciones frutales... Oración de la noche... Protegiendo a los que están en la casa... Hechizo del pañuelo... Protección contra el embarazo... Previniendo la esterilidad... Para sus amigos y situaciones sociales... Ritual de protección del lobo... El amuleto de la cuerda... Hechizo de la prevención contra el asalto sexual... Protegiendo al servidor que lo protege a usted... Magia preventiva: la Luna en los signos... El eclipse lunar como ritual de protección general.

Hechizos folklóricos simples para problemas pequeños... Eliminar el estrés... Condiciones cruzadas... Colores combinados... Hechizos de retorno... Maldiciones... Hechizo para tener control... Derritiendo la miseria: Magia de la

nieve... Logrando fuerza para soportar... Receta
de vinagre para los cuatro ladrones... Trabajo
del espejo para repeler la negatividad... Para
detener un mal chisme... Evitando la compa-
sión... Fastidiosos en Internet... Pesadillas...
Mezcla del sueño bendito... Locura médica...
Atrapamoscas fanático... Captando la luminosidad... Los que llaman a la media noche...
Mentiroso, mentiroso... Separación necesaria:
el hechizo de la cinta negra... Te lo mereces...
Hechizo de la gran mamá Mush' Em... Provo-
cando el caos.

El muñeco mágico... Para llevar a un asesino de
animales o abusador a la justicia... Polvo de la
Diosa de la oscuridad... Acabe con aquellos que
se ponen en su contra... ¡Quiero mis cosas de
vuelta!... Su corazón frío y negro... Librándose
de un amante celoso... Reduciendo el mal...
Magia de las velas para casos de la corte... Polvo
de la asistencia legal... Eliminando la mala pro-
paganda... Para superar la ira en el trabajo...
Para atrapar un ladrón... Capturando un criminal... Otras ideas inventivas para atrapar criminales... Incienso de protección de triple
acción... Fantasma osado... Cuando la situación
es difícil: el rito de Tesmoforia... Cuando las

cosas se vuelven aún más difíciles: el rito de los duendes... Claves para reportar actividades sospechosas... Resolviendo las cosas... Vinculando las cosas.

La autora . . .

"La mejor manera para que una persona mágica sea aceptada es dejarse conocer", explica Silver. "Una vez que ellos entienden sus valores personales y sus principios, sus intereses por una religión alternativa tienden a ser más positivos. Déjelos que lo conozcan por el trabajo que usted hace".

Silver RavenWolf es del signo Virgo quien adora hacer listas y poner las cosas en orden. Madre de cuatro hijos, ella celebró su vigésimo aniversario de bodas en el 2000.

Silver recorre los Estados Unidos dictando seminarios y conferencias acerca de las religiones y las prácticas mágicas. Ella ha sido entrevistada por el *New York Times* y el *U.S. News & World Report*. Se estima que Silver ha conocido personalmente a 25.000 individuos mágicos en los últimos cinco años.

Silver está a la cabeza del clan denominado Black Forest que incluye quince congregaciones en once estados de los Estados Unidos. Visite su página en internet en:

http://www.silverravenwolf.com

1

Instrucciones de Operación

Al medida que lea cada línea y hechizo
aprenda una lección muy bien.
No son las palabras o cantos que hace;
no son las herramientas que usted ve.
Ellas simplemente lo ayudan a realizar su plan;
mientras que todo el poder está en sus manos.
Y las palabras y los hechos pueden tener que ver;
¡pero la magia vive dentro del corazón!

—David Norris ©1998

1

Nosotros, para bien o para mal, vivimos en una sociedad agresiva. Tal vez podemos vivir sin ningún cuidado durante meses y hasta años, sin tener ninguna crisis mayor. Pero no podemos escapar por siempre. Eventualmente, la naturaleza agresiva de la humanidad da un paso hacia adelante en algún área de nuestras vidas y nos desafía. Para aquellos de intenciones relativamente pacíficas, este es un choque tal, que puede llevar un precioso tiempo el organizar los pensamientos y las habilidades para enfrentar este desafío. Algunos de estos desafíos nos ayudarán a crecer y a deshacernos de comportamientos que están muy lejos de nuestras necesidades. Ellos nos impulsan a movernos desde una mala situación hacia una que será más espiritual, o nos ayudan a encontrar las metas o misiones de esta vida. Otros desafíos se deben evitar, y ahí es donde la magia de protección preventiva entra a jugar su papel. Esos desafíos no son para nosotros. Las lecciones de prevención nos enseñan la manera como trabajar alrededor de esos conflictos.

Viviendo una vida protegida

El primer paso para vivir protegido descansa en su deseo de
emplear su derecho de estar en control de su propia vida. Eso
está bien. Usted de ninguna manera es una víctima, es un
ganador. La magia de protección tiene que ver con el estado
de su mente y con su sentido común, que quiere decir que
usted no va a salir a beber a las 3:00 de la mañana, luego a
caminar por la calle en la peor parte de la ciudad, medio
encorvado y haciendo ondear un amuleto de protección alrededor de su cabeza como un guerrero o gladiador. Si usted
hace eso, solamente está pidiendo problemas —y el universo
puede amablemente complacerlo—.

Para qué es este libro

Este libro está diseñado para enseñarle como prevenir que
ocurran cosas malas y como protegerse al andar por caminos
donde no debería hacerlo. No estoy diciendo que nunca le
van a suceder eventos desafortunados; eso sería absurdo. Lo
que estoy tratando de decir es que hay maneras de protegerse
espiritual y físicamente. Usted puede aprender a evitar los

actos caóticos al azar, y en el evento que sea lanzado al ruedo, esté mejor preparado para manejar algunos de los desafíos que se puedan presentar en su camino. Si practica las técnicas de este libro, entonces tiene un mejor probabilidad de vivir una vida más armoniosa. Sin embargo, las técnicas que se presentan aquí no deberían dejar de lado la ayuda profesional, ya sea que estemos hablando de notificarle a la policía, a un consejero, o a un médico profesional.

Balance

Aunque la discusión sobre el balance es importante en cualquier clase de magia, aquí es doblemente importante. Todos los trabajos de magia y los rituales crean energía para empujar o halar la vida hacia el balance. Entre más esté su vida fuera de balance, las cosas serán empujadas o haladas más fuerte para devolverlo a un estado armonioso. ¿Qué quiere decir esto en palabras claras? Bueno, algunas veces las cosas parecerán ponerse peor antes de mejorarse.

Cuando las situaciones están realmente mal, algunas personas vacilan en trabajar la magia de protección porque piensan que han llegado tan profundo que nada los puede ayudar. Otras le temen al cambio, pensando que la elección de enfrentar la dificultad es mucho mejor que un nuevo tipo de vida. Cuando usted practica magia para alejar la negatividad en otros, o la negatividad a su alrededor, o para traer un estilo de vida positivo hacia usted, está amasando las energías del universo en un esfuerzo por crear el balance, y el cambio (algunas veces radical), es inevitable.

El alcance de una aplicación mágica

Una aplicación mágica puede llevar tan poco como treinta segundos, o tanto como una hora. Por ejemplo, mientras puedo caminar alrededor de mi casa con sal de cocina en menos de cinco minutos, para crear una barrera protectora contra la negatividad en mi familia, me tomará mucho más tiempo trabajar magia para un amigo que está pasando por un molesto divorcio. La duración del trabajo no necesariamente asegura su éxito.

En magia, si un hechizo en particular no le funciona la primera vez, no se desanime ni vaya a tener un ataque al corazón.

Trate de nuevo. La complicación del procedimiento tiene menos importancia que la delicadeza del mismo. Su destreza hace que la aplicación caiga dentro de la categoría de principiante o avanzada.

Aplicando y desterrando las energías

Antes mencioné que la magia representa sus esfuerzos de empujar o de halar energías universales. Usted empuja las energías negativas lejos de su ser y hala las energías positivas hacia usted. Por lo tanto, los individuos mágicos trabajan dos clases de magia positiva: manifestación y destierro. Manifestar algo es hacer que ese algo pase. Desterrar algo es hacer que algo se aleje.

Correspondencias

La mayoría de las aplicaciones mágicas contienen correspondencias. Las correspondencias son ítem de energía que se relacionan con el foco del asunto. En este libro, nuestro foco está en la protección. A lo largo del libro he proporcionado varias correspondencias para cada hechizo. También he presentado

unas pequeñas listas en los apéndices para ayudarlo a usted
con las sustituciones o en la creación de sus propios hechizos.
Las correspondencias incluyen horas planetarias, deidades,
hierbas, aceites, astrología básica, ángeles, tótem animales,
alfabetos mágicos, fases de la Luna, colores y elementos.
Recuerde, no tiene que utilizar todas las correspondencias que
yo menciono en cualquier hechizo. Si no está interesado en
los ángeles, entonces no utilice las correspondencias listadas
para este caso. Si a usted no le gusta usar particularmente las
energías de las plantas, entonces siéntase con la libertad de
pensar en un ingrediente diferente. Aquí se aceptan las sustituciones. Yo simplemente trato de darle un amplio rango de
elecciones que me han dado buenos resultados.

Sincronización

Muchos brujos utilizan las fases de la Luna en la
sincronización de sus aplicaciones mágicas. Aunque hay ocho fases separadas de la Luna, nosotros
trabajaremos principalmente con cinco fases
específicas:

Luna nueva: Comienzos.

Luna llena: Poder.

Oscuridad de la Luna: Destierro.

Creciente: Construcción.

Menguante: Reconstrucción.

¿Cuánto se tardará en manifestarse su hechizo? ¿Cuánto tiene que esperar para que algo suceda? Usted tendrá que esperar el tiempo necesario. ¡No ponga esa cara larga! Aquí hay algunas orientaciones sobre la sincronización:

- La magia sigue el camino de menor resistencia, por lo tanto a menos que usted tenga una razón para guiar la magia a lo largo de una línea de pensamiento particular, sólo deje que la magia se de. Entre más bloqueos coloque en el camino de la manifestación, a ésta le llevará más tiempo para hacer que las cosas pasen. Sin embargo, eso no quiere decir que no debería ser específico en su petición.

- Normalmente (pero no siempre), los objetivos pequeños se manifiestan más rápido que los objetivos grandes. Por ejemplo, colocar la sal alrededor de mi propiedad tiene un efecto inmediato, pero trabajar en un caso de corte puede llevar semanas, o hasta meses. Normalmente, los objetivos pequeños requieren de veinticuatro horas a treinta días para manifestarse (o un ciclo de la Luna). Si su objetivo pequeño no ocurre en treinta días, haga el trabajo otra vez. Los brujos le llaman a esta técnica Luna a Luna, ya que el ciclo de Luna llena a Luna llena (o de Luna nueva a Luna nueva), es de aproximadamente veintiocho días.

- Los objetivos más grandes requieren la construcción de sus técnicas mágicas. Puede ser necesario trabajar varios tipos de magia cada semana para lograr su objetivo total.

- La magia para situaciones y eventos que involucran muchas personas, normalmente llevará más tiempo para manifestarse que un evento que tiene sólo uno o dos participantes. Cada individuo involucrado en la situación tendrá una intención (oculta o de otra manera), que puede estar trabajando en contra de su éxito final. Usted necesita determinar quienes son los principales actores en cada drama, y quien es el actor invisible. Siempre hay alguien, en algún lugar, que no es el más expresivo y que está ayudando en la creación de la negatividad.

- Las situaciones que son de dos o tres hileras necesitan estar separadas, trabajadas de manera independiente, y luego se debería desarrollar un trabajo para el resultado global. Por ejemplo, su hijo adolescente fue suspendido del colegio basado en (1) una mentira de otro estudiante, y (2) los que tienen la autoridad no escucharon para establecer la verdad. Aquí hay dos situaciones, no una, aún cuando el evento culmine en una acción final y usted pueda ser capaz de resolver un aspecto de la situación más rápido que la otra. En nuestro ejemplo, puede llevarse treinta días desenmascarar al estudiante, pero sesenta o noventa días hasta que usted pueda trabajar a través del "sistema" y ganar. O, al contrario, usted necesita ganar primero con las autoridades antes que el karma haga estallar la cabeza del joven mentiroso, quien ahora está forzado a dar un paso adelante y decir la verdad.

- Los viejos maestros dicen, "haga un hechizo, luego olví- delo". Estos maestros querían decir que hay que hacer el hechizo pero no preocuparse por él. El alimentar los pensamientos negativos en el trabajo del hechizo hará que falle su propósito. Si usted se preocupa por la manifestación del hechizo, entonces crea bloqueos en el camino de dicha manifestación.

Tenga en mente que su sinceridad y necesidades son de gran importancia cuando se realizan hechizos de protección. Si hoy es miércoles, y el hechizo se ajusta mejor al sábado, pero realmente necesita hacerlo hoy, entonces hágalo. Si el hechizo necesita algo que usted no tiene, no importa. Sustitúyalo por otra cosa.

Aprendiendo a llevar a cabo un plan espiritual

Lanzar la magia hacia un problema u objetivo no es la solución definitiva a todas nuestras dificultades. Las personas mágicas piensan cuidadosamente antes de elegir una técnica mágica o hechizo. Usted necesita considerar un plan de acción completo, del cual la magia se vuelve una parte. Si, un hechizo puede tomar unos pocos minutos para hacerlo, una oración un momento o dos para proferirse, pero sin un plan espiritual completo podría estar tirando copos de nieve a la hoguera. Un plan espiritual completo incluye:

- Pensar lógicamente acerca del objetivo o situación.

- Considerar la manera como sus acciones, mágicas y normales, afectarán el resultado del objetivo o situación.

- Construir un refuerzo positivo a su alrededor.

- Reprogramar su mente para aceptar el éxito a través del pensamiento, la palabra y la acción.

- Involucrar el espíritu tanto como sea posible en lo que hace.

- Listar las acciones mágicas y mundanas que se necesitan para manifestar su objetivo.

- Listar todas las oraciones en el drama, y la manera como piensa que ellas se relacionan (o no) con la situación.

Esto es especialmente importante cuando encontramos un desafío que requiera magia de protección.

Yo se que todo esto parece un poco complicado para algo como un simple hechizo, pero si aprendemos a planear de manera sabia, tenemos una mejor oportunidad de éxito. Muchos de los hechizos de este libro pueden ligarse para ayudarlo a diseñar un plan espiritual.

Ritual de la auto bendición

He encontrado que el uso del ritual de auto bendición antes de emplear la magia, es de una ayuda increíble para concentrar su mente en la tarea a realizar. Usted puede escribir su propio ritual de auto bendición, o puede utilizar el que se presenta a continuación.

Instrucciones: Tome tres respiraciones profundas. Imagine una luz plateada fluyendo a través de su cuerpo. Esta es la energía de nuestra Diosa Luna. Tome tres respiraciones profundas. Imagine una luz dorada fluyendo a través de su cuerpo. Esta es la energía del Dios Sol. Tome tres

respiraciones profundas. Imagine una luz blanca fluyendo a través de su cuerpo. Esta es la energía combinada de la fuerza universal de la vida o el amor universal.
Diga lo siguiente:

Benditos sean mis pies
que andan el camino del misterio.
Benditas sean mis rodillas
que se doblan ante el altar sagrado.
Bendito sea mi corazón formado de belleza y amor.
Bendita sea mi boca
que pronuncia los nombres sagrados.

Abra sus brazos ampliamente para alcanzar la protección y el amor. Cierre los brazos lentamente hacia su
corazón para señalar que usted ha aceptado estos dones.
Luego diga:

Así debe ser.

Sea honesto consigo mismo

Mucho de la magia de protección involucra nuestras relaciones con otras personas, conocidas y desconocidas para nosotros. Sea siempre honesto consigo mismo. Vea la situación tan honradamente como sea posible. Si tiene alguna duda, pregúntele a un amigo de confianza. "¿Estoy equivocado al sentir...?". Es una buena pregunta para hacer. Esté seguro que usted no es directamente responsable de ningún acto negativo contra otros ni contra usted mismo. Si usted trata de trabajar la magia para evadir sus responsabilidades, es posible que la magia simplemente no funcione, o que resulte de una manera que usted no lo esperaba. Recuerde, la magia balancea todas las cosas, y algunas situaciones ocurren porque nosotros necesitamos surgir ante los desafíos para convertirnos en una persona mejor y más fuerte.

¿Vale la pena alimentar la negatividad?

Aprenda a reírse de las situaciones absurdas donde un individuo intencionalmente trata de hacerle la vida difícil porque tiene baja auto estima, y por lo tanto, usted es mejor objetivo que cualquiera, o tal vez a usted le está yendo muy bien en la vida y es el blanco perfecto. No le haga caso a las pequeñas tonterías. Aunque esta negatividad puede ocurrir en casi cualquier grupo o ambiente, he notado que usted probablemente es un objetivo si:

- Tiene que ver con un gran número de personas (el ambiente de una gran oficina, el colegio, la política, las actividades religiosas).

- Usted es una persona inherentemente social.

- Es bueno y generoso.

- Es atractivo (exterior e interiormente).

Recíprocamente, esto puede pasar si:

- Usted tiene una boca muy grande.

- Mete las narices donde no debe.

- Usted es presumido y obstinado.

- Tiene una mentalidad de víctima.

Alimentar la negatividad que le envían al darle mucha importancia, preocupándose o agrandando las cosas, sólo puede empeorar la situación. Yo le digo a mis niños, "¿si un millón de personas en China no se preocupan de este asunto, por qué ustedes?". Algunas veces podemos detener las circunstancias negativas simplemente pensando de manera racional, ajustando nuestro pensamiento y continuando con nuestras vidas. Si nos involucramos mucho en ese drama, entonces podemos estar creando más negatividad de la que brotó de la situación en primera instancia.

Por qué no siempre funciona la magia

Algunas veces el espíritu sabe mejor que es bueno para nuestra vida. Yo siempre le he enseñado a mis estudiantes y a mis hijos que si su magia no funciona, si su plan espiritual falla, no pierda la confianza en sí mismo. El espíritu sabe lo que usted necesita y lo que no, y algunas veces, cuando usted menos lo espera, el espíritu dará un paso hacia adelante y hará que su trabajo se detenga. Algunas veces el espíritu hace esto para protegernos, y otras veces él sabe que tenemos misiones más grandes, mayores objetivos, y actividades más importantes que deberíamos estar haciendo.

Yo le he enseñado a mis hijos a pedirle al espíritu durante un trabajo mágico que "haga que me suceda lo mejor". De esta manera, le permite al espíritu que lo guíe en su trabajo.

No intente la magia negra

También he aprendido algo muy importante. Si empiezan a suceder cosas extrañas a su alrededor, no busque magia negra, busque la actividad del espíritu. Definitivamente el universo está tratando de decirle algo. Usted puede estar yendo por el camino equivocado, puede haber hecho un giro desafortunado en algún lugar, tal vez sus amigos no son como usted pensaba y sus actividades le traen negatividad a su vida, o usted puede estar dedicándole tiempo a algo inútil para su propósito. Algunas veces, el espíritu tiene que golpearnos en la cabeza con una vara para hacernos prestar atención. Una vez despiertos, podemos corregir nuestras actividades y concentrarnos en lo que es mejor para nosotros, más que aferrarnos a una ilusión auto creada.

El lado oscuro: la gente mágica no va allá

Las personas mágicas inteligentes no trabajan la magia para dañar a otras porque saben que en el mal no hay ningún poder real. Yo he visto a personas que miran hacia el lado oscuro, que piensan que los brujos que hacen el bien son débiles, y por lo tanto el bien no plantea ninguna amenaza contra el mal. ¡Por favor, excúseme! Piense de nuevo. Aunque los individuos mágicos entienden que el mundo contiene orden y caos, y que ambas energías trabajan de la mano en el universo para crear nuestro mundo, el caos no quiere decir mal, y los brujos reales nunca se involucran con el mal.

¿Estoy diciendo que usted no puede defenderse si alguien lo está hiriendo? De ninguna manera. Estoy diciendo que habrán momentos en su vida donde usted va a verse encolerizado por alguna clase de injusticia. Practicando el mal no se anula el mal de alguien más. En lugar de eso, aprendemos a erradicar el mal y a trabajar con el karma en lugar de adicionar negatividad a nuestra vida.

Con estas instrucciones generales de operación sobre su trabajo mágico, ¡es tiempo de estirar los dedos y sumergirse en la protección práctica!

2

Magia de
Prevención Personal

Cuando practica magia, usted está orquestando
una melodía que vibra a través de todo el universo.
La magia de protección establece las barreras de
energía entre usted y la negatividad (tal como la
gente negativa, las energías negativas, etc.) y
empuja o hala las manifestaciones hacia usted o
desde usted, de la manera que lo especifique.

La magia de protección preventiva nos ofrece
las siguientes oportunidades:

- Fortalece nuestra auto estima.

- Atrapa y desvía las situaciones que podemos haber pasado por alto conscientemente.

- Nos llena con un sentido de responsabilidad para nuestras acciones, y nos recuerda que a medida que sembramos, así deberemos recoger.

- Nos aleja de la mentalidad de víctima.

- Nos permite controlar mejor nuestro entorno.

- Incrementa nuestra productividad a través de la concentración de los pensamientos, sentimientos y deseos, removiendo algunos de nuestros temores diarios (reales o imaginados).

- Nos pone en contacto con nuestra elección personal de la divinidad.

¿Está enviando el mensaje incorrecto?

Ya sea que estemos hablando de amor, dinero, o éxito, existe ciertos elementos en nuestra sociedad que busca víctimas. Estas desagradables personas se consideran depredadores, y usted mi querido amigo, en numerosas ocasiones ha sido medido para ver si se ajusta dentro de los parámetros del perfil de víctima. Reconozcámoslo, hasta los asesinos más serios compran alimentos. La manera como usted camina, habla, e interactúa con los demás, le da al depredador la información suficiente para determinar si usted es un bocado delicado esperando a ser digerido, o un hueso duro de roer.

Todos los hechizos en este capítulo caen en la categoría de prácticas de magia preventiva (aquellos trabajos que usted hace antes que ocurra un desafío u oposición). También he dividido estos trabajos en temas. Sin embargo, sólo porque yo haya aplicado una técnica mágica a un tema del "yo" no quiere decir que usted no pueda utilizar esa técnica para un tema "social". Siéntase libre de mezclar y ajustar los hechizos, rituales o técnicas para lo que usted desee.

Hechizo de la claridad

Aquí está un hechizo para ayudarlo a pensar primero y a hablar con claridad después. Aunque se usa más a menudo para pociones de pasión y amor, el azúcar (especialmente el azúcar morena), funciona muy bien en los hechizos de protección. Aunque la mayoría de las personas mágicas esparcen sal alrededor de sus casas como un elemento de protección, también se podría utilizar azúcar morena. Sin embargo, teniendo en cuenta las hormigas y otros animales que les gusta el azúcar, ésta no sería una muy buena idea (por lo menos dentro de su casa o apartamento). El color café tiene dos asociaciones principales, aunque hay otras: un uso vibracional es para la simpatía entre dos partes o dos asuntos; el otro uso es para la protección, y algunos individuos mágicos prefieren usar el color café aunque un hechizo sugiera que se use el negro.

Utensilios: Azúcar café (morena); un tazón; una vela votiva café; su nombre escrito en un pedazo de papel; una cinta café de 13 pulgadas de larga; un mechón de su cabello atado o pegado en la cinta.

Instrucciones: Coloque la vela en el tazón. Rodéela con azúcar morena (para atraer las cosas dulces hacia usted). En el pedazo de papel, escriba su nombre y las palabras "sabiduría y poder". Sostenga sus manos sobre la vela sin encender y diga:

> **Santa madre, trae hasta mí las palabras de poder,**
> **de manera que cuando sea que yo**
> **pronuncie cualquier palabra,**
> **los pensamientos detrás de ésta**
> **contengan amabilidad y claridad.**
> **Bendíceme con la sabiduría interior.**

Encienda la vela. Tome una respiración profunda y véase a sí mismo siendo feliz y sabio. Asegúrese de capturar esa emoción de sentirse bien. Visualícese hablando con gracia y claridad. Haga siete nudos en la cinta diciendo:

Con el primer nudo empieza este hechizo.

Con el segundo nudo, mis deseos se vuelven realidad.

Con el tercer nudo, la sabiduría entra en mí.

Con el cuarto nudo, ya no temo más.

Con el quinto nudo, este hechizo está vivo.

Con el sexto nudo, mis palabras son rápidas.

Con el séptimo nudo, se me es dado el poder.

Que no le haga daño a nadie. ¡Así debe ser!

Párese en los bordes de la habitación y empiece a caminar en círculos en dirección de las manecillas del reloj (usted estará caminando en espiral) hasta que alcance el centro del salón. Sostenga la cinta sobre su cabeza y proclame en voz alta su poder y sabiduría. Pídale bendiciones a la santa madre. (**Nota:** usted puede caminar en forma de espiral para mejorar cualquier hechizo).

Permita que la vela se queme. (Asegúrese que está haciendo esto en un lugar seguro). Entierre el azúcar morena y el resto de la vela (si queda) en su patio. Mantenga la cinta con usted. En cualquier momento que se sienta nervioso, sosténgala y repita en su mente, "mis palabras cargan gran sabiduría y poder".

La próxima vez que alguien lo ataque de manera verbal, o que usted quiera atacarlo, hágase esta pregunta Jungiana antes de hablar. "¿Está dios/a adentro? o ¿Está dios/a afuera?", y luego hable (desde el corazón).

Para mejorar este hechizo:

- Llévelo a cabo un domingo para el éxito.

- Realícelo en la hora del Sol (ver el apéndice de las horas planetarias).

- Llévelo a cabo en Beltaine (se celebra en mayo).

- Adiciónele escarcha plateada o dorada al azúcar morena para ayudar en la dirección de las energías luminosas hacia usted.

- Llévelo a cabo en Luna llena o nueva.

- Realícelo el miércoles para la comunicación.

- Pida la ayuda de los silfos (energías del cuarto este).

- Llévelo a cabo el martes si alguien lo está atacando (energía de Marte).

- Utilícelo durante un retroceso de Marte (el cual ocurre cada dos años) para contemplar la manera como le gustaría mejorarse a sí mismo. Determine un plan de acción, y luego póngalo en ejecución después que Marte se vuelva directo.

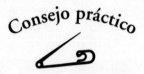

Consejo práctico

Con cada cosa buena que decimos, incrementamos la energía positiva a nuestro alrededor y por lo tanto mejoramos nuestra protección, salud, y éxito en cualquier evento. Con cada cosa mala que decimos, incrementamos la energía negativa a nuestro alrededor. Es muy importante sentirse confortable con quien y que somos, porque nuestras palabras y acciones le comunican a nuestro mundo circundante la manera como nos sentimos con respecto a nosotros mismos.

Repeler el desastre planeado por otros

El café contiene cafeína, la cual puede ayudar a repeler la negatividad a través de la acción directa por parte de usted.

Utensilios: ½ taza de café; 1 barrita de mantequilla pura y sin sal; los nombres de aquellos que están contra usted escritos en un pequeño trozo de papel; 1 filtro de café; 1 tazón pequeño.

Instrucciones: Coloque el filtro de café en el tazón pequeño. En el filtro dibuje cualquier símbolo mágico o runas que usted sienta que serían apropiadas, o escriba el nombre de su dios o diosa elegido. Janus, el dios de dos cabezas, funciona muy bien para este trabajo mágico en particular.

Caliente la mantequilla. Remueva los sedimentos. Sólo necesita el líquido claro. Cuele ese líquido.

En la parte superior del filtro coloque los nombres de los individuos que están contra usted, seguido por los granos de café. Vierta el líquido claro de la mantequilla caliente sobre la mezcla. Invoque a Janus para que lo ayude a remover a esos individuos de su vida. Cuando el hechizo se ha completado, coloque los sobrantes de la mezcla fuera de su propiedad. A medida que la mezcla se pudre, aquellos individuos serán removidos de su vida.

Incienso de protección de la Madona negra

Cuando se quema, el incienso es su regalo al espíritu. El humo fragante también ayuda a mantenerlo en un estado de la mente calmado y relajado. A lo largo de este libro hay una gran variedad de recetas que puede utilizar junto con un hechizo, o quemarla sólo "porque sí".

Probablemente la más conocida de las diosas egipcias, Isis, representa las ceremonias, la inmortalidad, el tiempo, la astrología, la tierra, la naturaleza, la Luna, y la noche. Ella tiene un buen número de títulos (reina de la tierra, madre de las estaciones, y protectora de los muertos). Ella fue adorada a lo largo de Egipto, el Imperio Romano, Caldea, Grecia, Alemania, Galia, y muchos otros lugares, como una energía femenina muy abrazadora. Con la ocupación romana de los territorios circundantes vino la expansión de la adoración de Isis. Con el advenimiento de la cristiandad, muchas de las capillas en Europa dedicadas a Isis cambiaron las representaciones de esta diosa cargando a su hijo Horus, por la virgen

María cargando a Jesús. Debido a que Isis era de piel oscura, estas representaciones se hicieron conocidas como las vírgenes negras o las Madonas negras. Estas Madonas negras se han descubierto en la mayoría de los continentes: Europa (Francia, Alemania, Italia, Polonia, España, y Suiza), América (México, América central, y América del sur), Africa, Asia, y el Pacífico (1).

La siguiente fórmula de protección con incienso fue diseñada por Morgana (2).

Utensilios: ½ taza de viruta de cedro fina; 1 cucharadita de resina de mirra; ½ cucharadita de resina fina de sangre de dragón; 11 gotas de aceite de lirio (se puede sustituir por aceite de loto); 5 gotas de aceite de rosa; ½ cucharada de verbena cortada; unos pocos pétalos de rosa triturados.

---

(1) Martha Ann Imel y Doroty Myers, *Goddesses in World Mythology, A Biographical Dictionary* (New York: Oxford University Press, 1993).

(2) Morgana es la propietaria de Morgana's Chamber, una tienda de brujería en el 242 West 10th St., NY, NY 10014; (212) 243-3415; website: members.aol.com/MorganasCh. Sus especialidades son los inciensos hechos a mano a partir de sus recetas personales, las velas mágicas talladas, y la magia herbal. Ella es miembro de Black Forest Family.

Instrucciones: Empiece con la viruta de cedro, adicionando los ingredientes en el orden mencionados. Mezcle bien después de cada adición. Concéntrese en la energía protectora de Isis mientras mezcla. Almacénela en una jarra o en una bolsa plástica. Adiciónesela al carbón de leña para quemarla. A medida que empieza a quemar el incienso, sostenga sus manos sobre el humo y diga:

> Espíritu para las hierbas,
> hierbas para el incienso,
> incienso para la llama,
> llama para el humo,
> humo para el espíritu,
> yo te doy el poder en nombre de la Madona negra.
> ¡Así debe ser!

Protegiendo mi cuerpo (escudo)

Una de las técnicas más importantes que cualquier individuo mágico debería aprender incorpora un proceso llamado escudo, el cual repele la energía negativa. Existen muchas maneras de hacerlo, desde aprender la sencilla técnica de la luz blanca, hasta los procedimientos más complicados. Es importante que elija y mantenga la técnica que es correcta para usted.

El escudo es principalmente el acto de practicar la visualización. Aquí hay algunas ideas para ayudarlo (practique cinco minutos cada día):

- Visualícese dentro de un círculo de luz blanca pura.

- Visualícese dentro de un círculo de alas angelicales.

- Visualícese dentro de un círculo de una cerca densa.

- Visualícese dentro de un círculo de un campo de fuerza.

- Visualícese dentro de un círculo de espejos que tienen la cara hacia afuera de usted.

Hechizo de protección de las cuatro direcciones

Para este hechizo utilizamos la cruz lunada, la cual defiende el centro (usted) con las lunas crecientes dirigidas hacia afuera. Este signo en particular fue popular en los Shamanes europeos (3). En la alquimia, este símbolo significa vinagre. (**Nota:** Aunque aquí estamos utilizando el símbolo en un ritual de protección, usted puede inscribir el diseño en una vela negra, ungida con vinagre, y colocarla ante su foto para mantener alejados los futuros ataques de alguien que le ha dirigido energía negativa).

La diosa de la energía para este hechizo es Luna, la diosa romana de la Luna, la noche, y el tiempo, que quiere decir que si usted quiere complicar un poco más su trabajo mágico, puede designar una cantidad de tiempo específica; Luna lo complacerá. El nombre Luna significa "la Luna que rige los meses" y ella está asociada con las estaciones así como con el primer día de la Luna menguante. Su día es el 31 de marzo.

----

(3) Barbara Walker, *The Woman's Dictionary of Symbols and Sacred Objects* (San Francisco: Harper San Francisco, 1988), p. 55.

Cruz lunada

Utensilios: Los cuatro ases de cualquier baraja de póker; un marcador negro.

Instrucciones: Dibuje la cruz lunada con el marcador negro sobre la cara de cada carta. Describa un círculo mágico. Coloque los ases de la siguiente manera: trébol en el Norte (dinero, riqueza, trabajo, suerte); diamante en el Este (ánimo energía, osadía); espada en el Sur (destino, pensamiento lógico); corazón en el Oeste (amor, familia, crecimiento). Usted puede iluminar los cuatro cuartos con velas votivas si lo desea (verde: Norte; amarillo: Este; rojo: Sur; azul: Oeste).

Visualícese rodeado por una luz blanca. Pida la ayuda de Luna. Sienta como el poder de su espíritu lo abraza. Camine hasta el Norte, sostenga el as de tréboles y diga:

Por el poder de la energía protectora del Norte, que ahora fluya hacia adelante.

Mantenga la carta en su mano y camine hasta el Este. Sostenga el as de diamantes y diga:

Por el poder del Este, que traiga la sabiduría a mi alcance.

Mantenga las cartas en su mano y camine hasta el Sur. Sostenga el as de espadas y diga:

Por el poder del Sur, que yo no tema ni dude.

Mantenga las cartas en su mano y camine hasta el Oeste. Sostenga el as de corazones y diga:

Por el poder del Oeste, que mengüe y fluya, y se incorpore.

Camine hasta el centro. Sostenga los cuatro ases sobre su cabeza y diga:

Que la protección esté a mi alrededor,
por encima de mi,
por debajo de mi,
desde todas las direcciones.
Todo se hace por el poder del que es "uno", (4).
El señor y la dama.
¡Así debe ser!

Pegue los cuatro ases entre sí y manténgalos en el bolsillo o en el bolso para una protección continua. Agradézcale a la diosa Luna.

---

(4) "Uno" es el poder combinado entre el señor y la dama, o espíritu.

Consejo práctico

¿No todos aceptan su manera de ser? ¿No importa? Mientras usted no esté haciendo cosas para herir a la gente, la opinión que ellos tengan de usted no debería importar. Igualmente, necesita tener cuidado lo que dice con respecto a los demás. Algunas veces no nos damos cuenta que las palabras o sentimientos que comunicamos pueden herir a la gente, simplemente porque no pensamos en lo que está saliendo por nuestras bocas (o en el caso de internet, de nuestros dedos). Una cosa es tener una opinión, y otra humillar a la gente diciendo malas palabras o intentando denigrarlos para hacernos sentir mejor.

Triángulo del ojo de dragón

Para que ocurra una circunstancia negativa (ya sea que estemos hablando de una acción inmoral o criminal), deben estar presentes tres elementos: el deseo, la habilidad y la oportunidad. La manera más fácil de detener una acción negativa antes que ocurra, es eliminar la oportunidad. La forma más simple de erradicar la oportunidad es utilizar la mejor arma defensiva que usted tiene: su mente. La mayoría de las acciones en contra de nosotros suceden cuando no estamos poniendo atención. Las cosas están yendo bien y nos sentimos complacidos, ¡y ahí es cuando ataca el depredador!

Cada mañana, ¿por qué no concentrarse en su propio triángulo de protección? En magia, la mayoría de los motivos de tres vías, incluyendo el triángulo, representan el principio femenino. La diosa fue la trinidad original, seguida después por las formas patriarcales. Desde los aborígenes australianos hasta la diosa original de la India (Trimurti), el triángulo era visto como el foco del universo espiritual, y a menudo era asociado con el intelecto creativo.

El triángulo del ojo de dragón es un triángulo triple utilizado para invocar a la diosa en sus nueve formas (las musas de las nueve Morrigans). Para la protección, utilizamos la madre Morrigan u oscura de los pueblos célticos (quiero adicionar que originalmente ella fue una diosa de la tierra, no de batalla). El triángulo del ojo de dragón también tiene asociaciones germánicas (llamadas el ojo del fuego), y fue el signo alquímico para los cuatro elementos combinados (5).

Triángulo del ojo del dragón

Cada mañana, simplemente dibuje el triángulo del ojo de dragón sobre su reflejo el el vaso a medida que se alista para el trabajo o la recreación. Pídale protección a la divina diosa así como el don del discernimiento, de manera que usted no caminará ciegamente dentro de las situaciones negativas. Si lo desea, incorpore los cuatro elementos.

Otras maneras de utilizar el triángulo del ojo de dragón:

• En su correo.

---

(5) Carl G. Liungman, *Dictionary of Symbols* (New York: W. W. Norton and Company, 1991), p. 294.

- Cosa el diseño en sus prendas de vestir.

- Colóquelo en forma de decoración en su puerta principal.

- Tállelo en velas para otros hechizos de protección.

Aceite de protección de veneno de dragón (6)

Los aceites de protección se utilizan para ungir velas, talismanes, ventanas, puertas, objetos preferidos, y así sucesivamente, para mejorar la pureza de las vibraciones espirituales. Este aceite se hace mejor cuando la Luna está en la parte oscura.

Utensilios: 1 botella de un dracma (medida de capacidad equivalente a 1.77 c.c.); aceite de almendra dulce; 3 gotas de aceite de ámbar; 1 gota de aceite de jazmín; 7 gotas de almizcle oscuro (puede ser sustituido por almizcle plano); 5 gotas de aceite de ruda; 3 pedazos pequeños de resina de sangre de dragón; 1 pizca de sal marina.

----

(6) Creado por Morgana de Morgana's Chamber.

Instrucciones: Llene la botella hasta la mitad con aceite de almendra dulce. Adicione cada aceite, revolviendo suavemente para mezclar bien. Adicione la resina de sangre de dragón y la sal marina. Revuelva para mezclar. Cargue. Cuando unja un aceite, usted puede usar el siguiente encanto:

**Espíritu para el aceite, aceite para la vela,
vela para la llama,
llama para el humo, humo para el espíritu.**

Su sistema de alerta interior

De acuerdo con la National Law Enforcement Memorial Fund (entidad oficial en los Estados Unidos), más oficiales de policía son asesinados:

- Entre las 8:00 p.m. y las 10:00 p.m.

- Los viernes en la noche.

- En los meses de enero y diciembre.

Obviamente, si más oficiales de policía son asesinados durante esos tiempos, eso nos debería hacer prestar más atención.

Aunque parezca que se está restando importancia, hace mucho tiempo aprendí que una manera fácil de asegurar la remoción de eventos caóticos de mi vida era simplemente pedirle al espíritu (o en lo que sea que usted cree como el todo que rige el universo), para que me mantenga lejos de las personas y eventos dañinos si es posible. Esto funciona muy bien, si usted escucha sus instintos, la cual usualmente es la manera como el espíritu nos habla de estos asuntos (aunque algunos podemos ser afortunados para obtener advertencias en voz alta).

Su cuerpo contiene un sistema de alerta interior que envía un mensaje a su centro de conciencia beta (el estado de la mente en que se encuentra cuando camina, habla o desarrolla alguna actividad). Este sistema de alerta empieza en el estado theta de la mente (aunque algunos científicos creen que proviene de un receso aún más profundo), pasa a través de la conciencia alfa, y luego es arrojado hacia beta, a menudo a través de los impulsos o sentimientos emocionales. Si represamos estos sentimientos de incomodidad y nerviosismo sin tratar de determinar la causa, entonces no le estamos prestando atención a nuestro sistema de alerta interior privado (SAIP). Los oficiales de policía y los militares aprenden a escuchar el SAIP humano. Ellos tienen que hacerlo. Si no lo hacen, se mueren. Su SAIP es muy potente. Si usted le presta atención, pronto aprenderá a saber quien le está mintiendo, y hasta el por qué. Sólo se necesita su disposición para ser observador de los mensajes que recibe a partir de su propio cuerpo.

La faja de los brujos

Sin llegar a confundirse con las cuerdas de un brujo tradicional, la faja del brujo es una práctica mágica folklórica para sellar el aura de uno y prevenir ataques mentales y físicos (7). Cuando visité Missouri hace muchos años, muchos de los brujos locales hablaron de "la faja de los brujos", y finalmente encontré los orígenes de esta práctica en la magia folklórica local, gracias a un dedicado investigador de los años 1930s quien se tomó el tiempo para escribir un gran compendio de información acerca de la gente de la montaña Ozark.

---

(7) Vance Randolph, *Ozark Magic and Folklore* (New York: Columbia University Press, 1974).

Utensilios: Una cuerda roja de la longitud de su cuerpo (puede ser sustituida por un cinturón preferido).

Instrucciones: Cuando la Luna esté llena, eleve la cuerda a los cielos e implórele al señor y a la dama para que carguen la cuerda con energía protectora. Diga:

> **Espíritu para la cuerda, cuerda para el brujo,**
> **brujo para el espíritu,**
> **te doy el poder en el nombre del señor y la dama.**
> **Tráeme alegría, paz, y reverencia.**

Cada mañana, antes de colocarse la cuerda, sostenga la cuerda (o el cinturón) hacia el Sol creciente, pidiendo la divina presencia en su vida y las bendiciones para usted en ese día. Ate la cuerda alrededor de la mitad de su cuerpo, utilizando un nudo cuadrado para asegurarla. El nudo deberá descansar en el centro de su abdomen.

Consejo práctico

Nunca le de a nadie por teléfono su número de la tarjeta de crédito, de seguro social, o el número de su cuenta de banco. Es ilegal que los telemercaderistas pidan esta información. Tenga cuidado con las líneas 900. Infórmese sobre las entidades de caridad antes de hacer una donación, y pida un reporte financiero. Investigue antes de invertir. Nunca le de su clave de internet a nadie, y cámbiela frecuentemente a números y letras que no tengan nada que ver con su vida (fecha de nacimiento, números de los miembros de la familia, etc.). Utilice una máquina contestadora para filtrar sus llamadas telefónicas.

Baño de protección con agua de mar (8)

Los baños espirituales son excelentes para librar los cuerpos físico y astral de la negatividad, y para abrigar su mente con energía relajante. En el siguiente capítulo hablaremos un poco más acerca de los baños espirituales.

Utensilios: ½ taza de sal de la higuera; ⅛ de taza de sal marina; 5 gotas de aceite de sándalo; ⅛ de cucharada de resina fina de sangre de dragón; ½ cucharada de lavándula cortada; 7 gotas de colorante de comida rojo.

Instrucciones: Mezcle bien la sal de la higuera y la sal marina. Adicione los ingredientes, uno a la vez, mezclando bien después de cada adición. Adicione el color. Almacene en una jarra y átela con una cinta roja. Cargue. Se hace mejor en Luna nueva. Para utilizar, adicione dos cucharadas al agua potable.

---

(8) Diseñada por Morgana de Morgana's Chamber.

Hechizos para proteger sus cosas

Es posible que no tenga un brazalete de diamantes, o un collar de perlas, pero al mismo tiempo, sus cosas son importantes para usted. Los artistas de la estafa son inteligentes, agresivos y persuasivos. Si un fraude "luce como un fraude", entonces (obviamente), nadie caería en un fraude. Desafortunadamente, las personas pierden enormes cantidades de dinero debido a estafas cada año. Desde el teléfono hasta el timbre de la puerta, un estafador profesional tiene numerosas maneras de entrar a su vida y jugar con su dinero vestido como un examinador de banco, un vago, una persona que presta servicios de reparación, o cualquier otra ocupación. El viejo adagio "si suena muy bien para ser verdad, es muy bueno como para ser verdad", debería ser su lema.

Red de protección de Penélope

Utilizar la red de Penélope para detener el fraude no quiere decir que usted tenga que cesar de ser observador con respecto a la protección de si mismo o de sus propiedades. Sin embargo, este es un excelente encanto que funciona en tan-

La Red de Penélope

dem con su sentido del bien, especialmente si usted trans-
forma el diseño en un pequeño espejo que se pueda colocar
bajo su teléfono, en su caja de depósito de seguridad, o
debajo de su puerta. Los diseños de líneas cruzadas se usan a
menudo en la protección ya que las líneas confunden las
energías negativas, forzándolas a perder el foco y eventualmente apartándolas.

El diseño de la red de Penélope es un modelo de pentáculos entrecruzados compuesto de solo dos líneas. El anillo defensivo de veinte puntas hacia afuera protege (proviene posiblemente del sistema de la hoz de la filosofía Pennsylvania Dutch) a la persona que lo luce o a la propiedad de uno. El nombre de Penélope quiere decir "vestida con velo". Ella es la diosa del destino, responsable en la determinación de la suerte de cada persona. Madre y consorte de Pan, Penélope actúa como un ángel guardián personal cuando se necesita. Se dice que ella se había abstenido de cortar el hilo del cual pendía la vida de Odiseo de manera que él no podría morir.

Al rodear este diseño con una hierba protectora, usted está asegurando una mayor protección de algo o de alguien, especialmente si se encuentra en una situación desesperada. En el centro de su altar coloque una foto del individuo que necesita protección. Cúbrala con la red de Penélope. Rodéela con una de estas hierbas o una combinación de ellas: mirra, ruda, pachulí, o romero (hierbas asociadas mágicamente con la protección). Si no tiene ninguno de estos elementos, la sal de cocina lo hará bien. Pronuncie sus propias palabras de poder, implorándole a Penélope para que lo asista. También puede ampliar el dibujo de este libro en una fotocopiadora y escribir las letras de su nombre entre los radios de la rueda para una protección adicional para usted, o escribir el nombre del objeto que desea proteger, espaciado proporcionalmente dentro de los radios del diseño. Lamínelo y cárguelo con usted como un objeto de protección, especialmente si piensa que está involucrado por un asunto de negocios sombrío.

Para mejorar este hechizo:

- Llévelo a cabo un domingo.

- Realícelo en Luna llena.

- Localice su sigil personal en la parte de atrás del dibujo.

- Cósalo en una prenda de vestir costosa. (Como su abrigo de invierno que le costó una fortuna).

Hechizo muy caliente para tocarlo

Está bien, usted es una persona inteligente y no lleva su bolso sobre su cabeza en la calle. No coloca su billetera sobre el mostrador en la tienda de comestibles mientras busca monedas en el bolsillo. Recuerda tener las llaves de su vehículo o de la casa en la mano con anticipación. ¿Existe alguna forma de energía adicional para ayudarlo a permanecer seguro? ¡Realmente si! Trate este hechizo.

Utensilios: Un alfiler; una vela blanca para ayudarlo a concentrarse; sus dos manos; el objeto que desea proteger.

Instrucciones: Caliente la punta del alfiler o uña, luego talle su nombre en la vela. Encienda la vela. Si no puede visualizar, "sienta" la llama. Manténgase practicando este ejercicio hasta que esté confortable. Una vez esté confiado, sostenga sus manos sobre el objeto que desea proteger y diga:

¡Muy caliente para tocarlo!

Siga repitiendo estas palabras a medida que sus manos se hacen más calientes sobre el objeto. Visualice el calor y la luz de la vela yendo hacia el objeto, y haciendo ese objeto muy caliente para que alguien que no tiene permiso para tocarlo. Con la vela describa el signo del pentáculo sobre el ítem. Deje que la vela se queme completamente.

Para mejorar este hechizo:

- Llévelo a cabo un domingo en la hora del Sol.

- Realícelo en Luna llena.

- Renuévelo una vez al mes.

- Adicione un sigil personal de protección sobre el objeto.

- Utilícelo en su vehículo.

- Mantenga un registro de sus pertenencias más costosas, joyería etc., en su caja de seguridad.

- Utilícelo en un bolso o billetera nueva.

- Uselo también en las puertas frontal y trasera si desea sentir una seguridad extra.

- Utilícelo en las joyas costosas, colecciones de arte, CDs, etc.

Hechizos para viajes

La mayoría de nosotros no somos personas sedentarias. Viajamos desde y hacia el trabajo, vamos de compras, hacemos viajes diarios, los fines de semanas y tomamos vacaciones largas.

Visitamos nuestros parientes, llevamos recados, y si tenemos niños, nos convertimos en un verdadero servicio de transporte. Con todos los riesgos que hay alrededor de lo que hacemos, necesitamos pensar en nuestra seguridad fuera de la casa.

Comprando con una gárgola

Todos tenemos que ir de compras, ya sea por comida, necesidades médicas, o solo por diversión, pero mientras estamos comprando, podemos ser vulnerables. Desde las trampas con

carnada hasta las criaturas desconocidas que nos atemorizan después de sacudir nuestros bolsos (o billeteras), podemos ser un objetivo.

Los depredadores buscan víctimas que parecen inseguras de si mismas o que no le están prestando atención a lo que está pasando a su alrededor.

Aprenda a caminar con confianza. Ahí es donde entra la gárgola. Las gárgolas son bestias mitilógicas hechas por el hombre, predominantes en la edad media, y los guardianes favoritos para las catedrales.

Usted podría duplicar una imagen o comprar una estatua pequeña de una gárgola para ayudarlo a visualizar en las primeras ocasiones que intente esta técnica. Simplemente siéntese, concéntrese en su gárgola siempre amigable, cierre los ojos, véala en su mente, y pídale ayuda de protección mientras está de compras. Como un experimento divertido, compre sin la gárgola, luego compre con la gárgola, y compre de nuevo sin ella. Lleve un registro de sus experiencias.

Otras sugerencias:

- Lleve consigo su gárgola en un viaje de campamento.

- Lleve su gárgola consigo a la casa de su suegra. Dígale a su gárgola que su suegra es el postre (¡sólo estoy bromeando!).

Consejo práctico

Use su sentido común. Estacione su vehículo en un área
bien iluminada, y nunca lo estacione en seguida de un
furgón con puerta deslizante. No juegue con su bolso en
la calle. Durante las compras en los días festivos, haga
más de un viaje hasta hasta su vehículo si tiene muchos
paquetes y escóndalos fuera del alcance de la vista. Mejor
aún, lleve a un amigo con usted. Sea conciente de las
personas que están delante y detrás de usted en el centro
comercial (utilice la visión periférica que el espíritu le
dio). No exhiba su dinero.

Magia de vacaciones

Todos queremos descanzar cuando salimos de vacaciones,
pero antes de eso, necesita asegurarse que su propiedad estará
segura. Infórmele a sus vecinos que usted estará fuera. Pida a
alguien que le colecte su correo mientras está ausente. Esti-
mule la idea que "hay alguien en casa" utilizando luces y
radios que se enciendan a determinado momento. También

utilice el hechizo de "muy caliente" para tocar en la puerta de en frente de su casa, luego estacione su gárgola amigable en la parte de adentro de la puerta. Pídale a un pariente fallecido (no estoy bromeando), que amaba mucho, que vigile su propiedad mientras usted está afuera.

Proteja su vehículo (si está viajando en él) con agua bendita y un círculo de sal. (Por supuesto que esto es después que lo ha revizado para tener un viaje seguro). Cuelgue en algún lugar del vehículo una pieza de cuarzo ahumado para mantenerlo protegido de cualquier daño. Planee la ruta más directa a su destino. Invierta en un programa de viaje que le diga que carreteras y pueblos evitar. Antes de salir, ponga sus manos sobre el mapa que marca su ruta y pídale al espíritu que lo guíe de manera segura en su viaje.

Magia de hotel

Utensilios: Coloque una pieza pequeña de amatista en cada maleta (especialmente si sus maletas están viajando sin usted). Cargue una pequeña maleta que contenga las siguientes cosas: incienso o salvia; agua bendita; un pedazo de amatista; un tazón para quemar; un ícono religioso de su elección.

Instrucciones: Limpie la habitación con la salvia, el agua santa, o ambas. Coloque el ícono religioso donde sea reflejado por un espejo. (Es mejor si el ícono es inocuo o muy asustadizo). Una vez haya aclarado el cuarto, tome un vaso del baño y llénelo con agua hasta la mitad. Pida a sus ancestros que protejan la habitación y sus pertenencias durante el tiempo de su permanencia. Pida que el agua santa empape cualquier negatividad que entre al cuarto. Antes de salir, arroje el agua y agradézcale a sus ancestros. Cuando tome un baño o una ducha, dibuje la runa Algiz (ᛉ) en el espejo del baño. Esta runa está asociada con las Valkyries, guerreras del Heathen Way (camino pagano) que lo protegen y guardan en la vida y después de la muerte. Algiz desvía las influencias negativas de las personas y propiedades. Para protección extra, combine las runas Sol, Algiz, y Asa.

Si usted se pierde

Ahora están instalando "busca personas" en los vehículos — pequeños compases que se instalan en el parabrisas—. Si su busca personas falla, aquí hay unas claves mundanas y mágicas.

- Conduzca hasta un lugar público y revise el mapa. No se detenga en la vía principal o a lo largo de una calle oscura y desierta.

- Sostenga sus manos sobre el mapa y diga, "Santa madre, diosa divina, has que mi camino sea claro, dame una señal". (Ella lo hará).

- También puede comprar el nuevo sistema satelital. Con este nuevo invento, ¡usted nunca se perderá!

Consejo práctico

No haga alarde de su dinero en efectivo. No alquile un vehículo en la noche. Mantenga un registro de los números de sus cheques de viajero y de los números de sus tarjetas de crédito en un lugar seguro. Lleve solo las tarjetas de crédito que planea utilizar. Nunca le diga a extraños quien es usted, ni cuanto dinero en efectivo lleva, o a donde planea ir. Determine la ruta más directa desde su habitación hasta las escaleras de escape en caso de incendio y hasta los ascensores. Cierre bien la puerta. Nunca deje cosas costosas o dinero en efectivo en su cuarto de hotel. Arregle sus cosas en su cuarto de manera que usted sabrá inmediatamente si algo falta.

Red de luz

Un oficial de policía en Tennessee me dijo que cuando salía en la patrulla, a menudo conjuraba una red de luz alrededor de si mismo si percibía ese "sentimiento particularmente estremecedor" antes de ir a sitios inusuales. "También dibujo la red en frente de la patrulla mientras manejo, para que me ayude a sacar de problemas a las personas. ¡Y usted sabe, eso funciona todas las veces!".

Magia de aviones y aeropuertos

Estadísticamente, usted tiene poca posibilidad de caer en un espiral desde los cielos y estrellarse directamente en la cara de Gaia, pero eso no le ayuda a algunos a calmar el nerviosismo. Aquí hay algunos consejos mágicos para los frecuentes —o infrecuentes— voladores.

- Asegúrese de que cada pieza del equipaje lleve una amatista pequeña para la protección. Dele poder a la piedra para que lo lleve de manera segura a su destino.

- Marque sus maletas con una cuerda de seda negra. Dele el poder a la cuerda para que proteja su maleta. Asi podrá distinguir sus maletas de otras fácilmente cuando vaya a reclamar su equipaje.

- Empaque lo menos posible. Entre más pesadas sean las maletas, más llamarán la atención.

- El equipaje o la ropa muy costosa llaman innecesaria-mente la atención. Confíe en mi, yo he volado alrededor de todos los Estados Unidos. Los jeans, los zapatos tenis, y los buzos o camisas sencillas son muy aceptables, lo ayudan a confundirse entre las masas, y lo mantienen libre de activar las alarmas de seguridad del aeropuerto (ya que usted no tiene razón para llevar puestas todas esas joyas). Si debe llevar aquellas cosas, entonces haga un hechizo de invisibilidad, el cual es una simple forma de visualización. Vea su equipaje tomando varios colores que se confunden el uno con el otro, y luego los colores se mezclan con los otros equipajes en el aeropuerto. No abuse de este pensamiento o usted irá a Kansas City y su equipaje aterrizará en Baltimore.

- Aunque debería cerrar con llave sus maletas en la habita-ción del hotel, no lo haga ya que los agentes de la aerolí-nea pueden averiar su equipage al tratar de revizarlo. En lugar de eso, invoque a Mercurio, el Dios de los viajes y las comunicaciones, para que proteja sus pertenencias.

- A medida que se sube al avión, dibuje un pentáculo de destierro en la parte de afuera del avión, pidiendo protección y destierro de cualquier negatividad que rodee el avión. (Yo lo hago todo el tiempo. No me importa si los pasajeros piensan que estoy loca).

- Si usted es una persona nerviosa, diga lo siguiente: "querido ángel guardián (o espíritu guía). Si hay algo malo con este avión, por favor no dejes que lo abordemos". En los últimos cinco años he hecho tres veces esta petición, y tres veces han tenido que hacer reparaciones y no nos han dejado abordar. En uno de esos casos tomamos un avión completamente diferente.

- Si sufre de pánico durante el vuelo, cierre los ojos, cuente de diez hasta uno y repita una afirmación positiva. Compruebe que es lo que está sintiendo. Los aviones son lugares cerrados con mucha gente. El hombre sentado tres sillas atrás de usted podría estar en un espiral frenético, y esa es la energía que usted está sintiendo (no sus propias emociones). Si se siente incómodo, mire a su alrededor. Puedo apostar que alguien más está alimentando su temor.

Protegiendo su vehículo

Con los elevados costos por poseer un vehículo, su mante-
nimiento y seguro, definitivamente es un desastre financiero
si algo le pasa a su vehículo, y aún más catastrófico si usted
está dentro de él cuando algo malo ocurra. Este hechizo está
diseñado para proteger su vehículo de daños y mantenerlo
seguro a usted. Yo no puedo jurar ante la corte que esto evi-
tará más accidentes, pero mi familia asegura que esto los ha
ayudado, y mi hija les dirá honestamente que piensa que este
hechizo en particular le salvó la vida cuando estuvo involucrada en un accidente delicado.

Pentáculo

En este hechizo, invocamos el poder de
la diosa Hecate. Hecate, la Diosa griega
y pre-helénica de la Luna, la noche, la
magia, la riqueza, la educación, y la
ceremonia, es la diosa de las carreteras.
En esta posición ella es llamada
Hecate Trevia, Hecate de las tres vías.
Durante la edad media, Hecate fue llamada la reina del mundo de los fantasmas. Los alemanes la conocían como

Dame Holda, reina de los caminos de los fantasmas. Hecate
tiene el poder de repeler las tormentas físicas y financieras y
sus mitos se entrelazan con muchas triadas, incluyendo
Hecate, Diana y Lucina; y Hecate, Persephone, y Demeter.
Usted puede invocar su asistencia cuando se prepare a manejar
en las carreteras. Hecate más tarde fue identificada como una
forma de Artemisa. Aunque las fuentes de la edad media le
prestaron la magia de Hecate a las malas intenciones, ella verdaderamente es la diosa del misterio, personificando el lado
oscuro de nosotros mismos que muchas veces extendemos
para obtener la plenitud. Por lo tanto, ella no significa el mal,
sino el misterio que esos escritores no pudieron comprender.

Utensilios: Una botella pequeña de agua santa de primavera; 3 tazas de salmuera de sal de cocina o de sal
marina.

Instrucciones: En Luna llena, tome el agua de primavera y
con su dedo índice, dibuje un pentáculo en las siguientes
cosas:

• En todas las ventanas;

• Todas las puertas;

- Todas las llantas;

- En el capó;

- En el portaequipajes;

- En el techo.

Diga:

> Gran madre Hecate, yo te invoco.
> Diosa graciosa en el firmamento,
> protege a todos los que yo amo.
> Mantenlos seguros y libres de heridas.
> Si las cosas no están bien,
> activa alguna alarma.
> Transpórtanos de manera segura
> desde aquí hasta allá;
> que el estado del tiempo no sea un problema.
> Mi vehículo gira hacia la derecha,
> mi vehículo gira hacia la izquiera
> y mantenlo libre de averías o accidentes.

Que el círculo de protección funcione
cuando el peligro nos aceche
y no podamos ser encontrados.

Rocíe la salmuera en dirección de las manecillas del reloj
sobre la calle alrededor del vehículo. Trate de mantener
una línea continua. Diga:

Este hechizo está sellado. Este hechizo
está culminado.
Toda la energía negativa está
completamente bloqueada.

Para mejorar este hechizo:

- Coloque una pieza de cuarzo ahumado cargado en la
guantera para proteger de fallas mecánicas.

- Coloque una bolsa de hierbas protectoras dentro del vehículo para protegerse de la negatividad o de los ladrones.

- Llévelo a cabo en Luna llena o cuando la Luna esté en
mercurio (ya que mercurio gobierna el transporte).

Si su vehículo se avería

En un principio enseñaba este hechizo para la curación de los males desconocidos del cuerpo, y lo encontrará para ese propósito en mi libro *American Folk Magick: Charms, Spells, and Herbals* (publicado únicamente en Inglés por ésta editorial). Sin embargo, he tenido más de un practicante mágico que me ha dicho que este canto herbal funciona bien para los vehículos averiados. ¡Nada se pierde con intentar!

Instrucciones: Sostenga sus manos sobre el capó del vehículo y recite tres veces los siguientes versos:

> **Y estos signos seguirán a aquellos**
> **que creen en el espíritu.**
> **Ellos deben ahuyentar los demonios,**
> **y deben hablar en nuevas lenguas.**
> **Y si beben algo mortal,**
> **eso no deberá hacerles daño.**
> **Ellos deben tender sus manos sobre el enfermo,**
> **y deben recuperarlo,**
> **en el nombre del espíritu, ¡Así debe ser!**

Cruz de brazos iguales

Golpee tres veces el capó del vehículo con sus dedos. Selle el hechizo utilizando su dedo índice para dibujar una cruz de brazos iguales sobre el capó del vehículo.

Hechizos de protección para su casa

Siempre nos gusta pensar que estamos seguros en nuestras casas, pero si fuera así, entonces no habrían cosas tales como robos (o cosas peores). Un ritual de protección y de bendición de la casa puede ser tan complicado o tan simple como usted quiera, pero usualmente incorpora el uso de los cuatro elementos (tierra, aire, fuego y agua), y la petición de que el espíritu guíe las energías dentro y fuera de la casa.

Bendiga su casa

Elija la deidad que más represente sus sentimientos acerca de lo divino. Para este hechizo, yo he utilizado a Brigid, diosa céltica (irlandesa) del agua y el fuego, cuyas energías curativas ayudarán a depurar una casa donde el ambiente ha sido agujereado por el abuso, los argumentos toscos, u otras manifestaciones negativas. Su festival es una de las cuatro grandes fiestas de la religión céltica, llevado a cabo el primero de febrero (fiesta de la candelaria). El tótem para esta Diosa es la vaca, y se aceptan los ofrecimientos de leche. Lleve los cuatro elementos alrededor de su casa, imaginando que toda la negatividad es desterrada de cada cuarto. Cuando haya finalizado, párese en el centro del cuarto y diga:

Yo soy el viento en el mar.

Yo soy una ola del océano.

Yo soy el rugir del mar.

Soy un buey poderoso.

Soy un halcón en un risco.

Soy una gota de rocío en la luz del Sol.

Soy la fuerza del arte.

Soy una lanza con despojos que deja la batalla.

Yo he aclarado el lugar pedregoso sobre la montaña (9).

Desde el sótano hasta el ático.

Desde el umbral hasta la puerta.

Desde el tejado hasta el jardín. Lleno esta casa

con la energía protectora de (nombre de la deidad)

y pido bendiciones para cada persona

que reside aquí. ¡Así debe ser!

Renuévelo cada seis meses. Este antiguo poema céltico
declara de una manera mágica, su soberanía sobre su casa.

---

(9) Marie-Luise Sjoestedt, *Gods and Heroes of the Celts*, "Amairgin's
Song (Historical)" (Berkeley, CA: Turtle Island Foundation), p. 23.

Para mejorar este hechizo:

- Llévelo a cabo en Luna llena.

- Realícelo un lunes (asuntos familiares) o el domingo (éxito).

- Llévelo a cabo cuando la Luna esté en Cáncer o Virgo.

- Realícelo en la hora de la Luna.

- Llévelo a cabo anualmente el primero de febrero.

- Realícelo el día de año nuevo.

Incienso de protección de Morrigan para el hogar (10)

Utensilios: ¼ de taza de viruta fina de cedro; ½ cucharada de resina fina de sangre de dragón; 15 gotas de aceite de almizcle; 11 gotas de aceite de pachulí; ½ cucharada de botones de lavándula triturados; ¼ de cucharada de artemisa cortada.

---

(10) Creado por Morgana de Morgana's Chamber.

Instrucciones: Se realiza mejor cuando la Luna está en su parte oscura. Empiece con las viruta de cedro, adicionando los ingredientes en el orden dado. Mezcle bien después de cada adición. Concéntrese en la energía protectora de Morrigan mientras mezcla. Almacene en una jarra o bolsa plástica. Adiciónelo al carbón de leña para quemarlo. A medida que el incienso se quema, sostenga sus manos sobre el humo y diga:

Del espíritu para la hierba,
de la hierba para el incienso,
del incienso para la llama,
de la llama para el humo,
del humo al espíritu,
le doy el poder a este incienso
en el nombre de (deidad)
para el propósito de (intención).

Agua de Florida

Las recetas del agua de florida son lavados mágicos para los pisos de los hogares o negocios, y se usan principalmente para liberar el ambiente de la negatividad y del mal. También puede usar estos baños para limpiar las herramientas mágicas, o colocarlos en un atomizador para hacer limpiezas rápidas.

Utensilios: ½ galón de alcohol grado 90; 1 cuartillo de agua de primavera; 1 cucharada de jugo de limón exprimido; 10 gotas de aceite de protección.

Instrucciones: Mezcle durante una Luna llena, aunque funcionará en cualquier momento, especialmente si usted siente que tiene una emergencia.

Consejo práctico

¿Ha hecho una revisión a su casa o apartamento últimamente? ¿Ha asegurado sus puertas con doble llave? ¿Tiene en su puerta un ojo para ver hacia afuera? ¿Ha reemplazado las puertas huecas por puertas sólidas? ¿Ha tomado precauciones especiales con una puerta deslizante de vidrio o con las ventanas deslizantes? ¿Tiene la iluminación interior y exterior adecuada? ¿Ha dispuesto sus arbustos de manera que un criminal no pueda encontrar escondite fácilmente? ¿Ha bloqueado sus cajas eléctricas exteriores para prevenir que alguien le corte la energía?

Encantos folklóricos para la protección de casas y apartamentos

Aquí hay una gran lista de encantos rápido4s de protección que he coleccionado a lo largo de los años.

- Corte una cebolla por la mitad y coloque las dos mitades en el umbral de la cocina. Dele poder para que rechace la negatividad. Cambie la cebolla cuando se dañe.

- Cuelgue un par de tijeras abiertas encima de la puerta principal para cortar la negatividad de los que entran a la casa.

- Coloque ajo debajo de la cama para guardarse de las pesadillas.

- Aromatice su almohada con lavándula para tener dulces sueños.

- Coloque la red de Penélope sobre la boca de una jarra llena con vidrio roto. ¡Esto es para atrapar los repugnantes indeseables y hacerlos añicos!

- Coloque agua santa en el lado izquierdo (mirando desde adentro) de la puerta principal.

- Haga un monumento a la oración con piedras peq[ue]ñas redondas y blancas en la esquina de su propiedad. Un[a] pequeña pila estará bien. Deje leche y miel para los espíritus de la propiedad y suplique su protección.

- Coloque una pequeña bolsa con angélica, romero, y menta bajo los cuatro aleros del ático (o en las cuatro esquinas de la propiedad).

- Para alejar una tormenta que se avecina, clave un cuchillo en la tierra, con la hoja apuntando en esa dirección con el fin de cortar el viento. Grite a todo pulmón, y dirigiéndose hacia la tormenta, "¡yo soy la presencia!". ¡A mi me funcionó!

- Cuelgue un racimo de bellotas en la puerta principal para proteger la residencia y a los que viven allí.

- Coloque un vaso lleno de agua al pie de su cama todas las noches para recolectar cualquier negatividad en el cuarto. (¡No se puede colocar la caja de dientes allí!).

- Coloque un repelente de polillas en cada esquina del cuarto para absorber la negatividad. (Y si las coloca alrededor de su basura en la parte de afuera, los animales no la escarbarán).

- Si puede evitarlo, no haga mayores movimientos en la casa cuando la Luna esté fuera de curso, o cuando Mercurio, Júpiter o Venus sean retrógrados.

Consejo práctico

En las áreas rurales también existe el crimen. Sea un buen vecino y mantenga los ojos abiertos. Use sus cerraduras. Sólo porque usted salió de la insegura ciudad, no quiere decir que los criminales no estén al acecho. Mantenga en buen estado las cerraduras, los portones y las cercas. Mantenga seguras las vías de acceso, el equipo, las construcciones exteriores y los animales de corral. (Utilice los signos hex holandeses de Pennsylvania, ellos funcionan). Almacene las cosechas en áreas protegidas. Póngale letrero a su propiedad. Utilice iluminación exterior con encendidos automáticos.

Vibraciones frutales

¿Son los inciensos exóticos difíciles de fabricar? ¿No puede darse el lujo de comprar un buen incienso preempacado? Las pieles de las frutas, ya sean secas, cortadas, o finamente rebanadas, pueden limpiar cualquier habitación en su casa e incrementar las vibraciones positivas. Usted puede colocar los pedacitos en un recipiente hecho especialmente para incienso, o simplemente colocarlos en una pequeña pila y quemarlos con su encendedor.

Cáscara de naranja: armonía y producción positiva.

Cáscara de limón: Clarificación y estimulación.

Cáscara de manzana: Amor y curación.

¿No se le permite quemar cosas? (Algunas veces no se puede). Adiciónela a una olla con agua hirviendo, colóquela en una pequeña bolsa de seda, o dispérsela en las esquinas de una habitación. Obtendrá los mismos resultados.

Oración de la noche

En la región de Pennsylvania Dutch (donde yo vivo), es apropiado pedir una bendición de la casa y propiedades a medida que hace las últimas rondas antes de irse a acostar. Debe repetir tres veces la siguiente oración:

Mi casa tiene cuatro esquinas,
una, dos, tres, cuatro.
Cuatro ángeles santos las adornan
desde el techo hasta el interior.

Que no entren los criminales ni los estafadores
por arriba ni por abajo.
Tampoco aquellos que hacen el mal.

Mi casa tiene cuatro esquinas,
una, dos, tres, cuatro.
Cuatro ángeles santos las adornan
y las protegen hasta el interior.

Mi casa está con el espíritu
abrazada con su amor.

Protegida del mal
y bendecida por la paloma.

Mi casa tiene cuatro esquinas,
una, dos, tres, cuatro.
Rodeada por ángeles
e infundida por el espíritu
desde el presente hasta el futuro.
¡Así debe ser!

Esta es una gran oración para enseñarle a sus hijos.
Usted también puede ungir las cuatro esquinas de su
casa con aceite de protección mientras repite la oración.

Protegiendo a los que están en la casa

Hechizo del pañuelo

Mi bisabuelo fue un gran renacentista en el estado de West
Virginia y luego en Pennsylvania. Cuando yo era pequeña,
mi abuela compraba pañuelos blancos (para los hombres),
y bordados (para las damas) y luego los llevaba a su círculo

semanal de oración. En aquellos días era una práctica común colocar dichos pañuelos sobre el altar, y el pastor los embebía con energía de curación o de protección, o la congregación como un todo rezaba sobre los pedazos de tela. Algunas veces se colocaban las fotografías de las personas por las que se pedía protección o curación, sobre un pañuelo específico (eso fue años más tarde cuando era más fácil conseguir cámaras fotográficas).

Utensilios: Un pañuelo blanco para cada miembro de la familia; agua santa potable; sal marina o de mesa; el incienso de protección de su elección; una foto individual de cada miembro de la familia.

Instrucciones: Extienda los pañuelos sobre una superficie plana. Asegúrese que estos estén abiertos, no doblados. Rocíe cada uno con el agua santa y la sal marina, y visualice los pedazos de tela resplandeciendo de pureza. Pase el pañuelo tres veces sobre el incienso. Coloque una foto sobre cada pedazo de tela. (Recuerde a quien pertenece cada pañuelo). Sostenga sus manos sobre la primera foto y diga:

Y que el espíritu haga milagros especiales a partir de las manos de los hijos de los dioses, de manera que a partir de sus manos se alejen las enfermedades y los temores a través de estos pedazos de tela, y que los malos espíritus se alejen de todas las personas que ellos representan (11).

Tómese su tiempo para visualizar la luz blanca y pura entrando en su cuerpo desde el chakra de la corona y moviéndose hacia abajo a través de su corazón, sus brazos, sus manos, y hacia la foto y el pañuelo. Cuando pierda la concentración, o sienta que ha terminado, respire profundamente y selle la magia haciendo la señal de la cruz de brazos iguales sobre la foto y el pañuelo. Prosiga con la siguiente pieza de tela. Cuando haya finalizado, agradézcale al espíritu por su trabajo en este día. Dele el pañuelo a la persona correspondiente para que lo lleve con ella. Renueve cada seis meses, o antes si siente que es necesario.

----

(11) La versión original proviene de la Biblia, Hechos 11, 12.

Para mejorar este hechizo:

- Adiciónele a la sal marina una mezcla de hierbas protectoras escogidas personalmente.

- Llévelo a cabo en Luna llena.

- Realícelo un lunes en la hora de la Luna.

- Llévelo a cabo en el cumpleaños de las personas.

- Dele el poder en nombre de una divinidad específica.

- Déselo a un amigo enfermo.

- Envuélvalo en el collar de una mascota enferma.

- Déselo a su oficial de policía, a su conductor, bombero, o militar preferido.

Protección contra el embarazo (12)

En los años 1960s, Eugene Jonas, un ginecólogo checoslo-vaco, descubrió un método de planificación familiar que ya había sido usado durante siglos por la mujeres europeas. Él determinó que una mujer está en la cumbre de su fertilidad en el momento del mes donde la Luna esté en la misma fase en la cual nació ella. Por lo tanto, si usted nació durante el primer cuarto de la Luna, entonces durante los tres días que rodean la misma fase de la Luna, usted será más fértil que cualquier día del ciclo actual. Por supuesto, esta información es benéfica si está tratando de tener un bebé, y si no es así, entonces manténgase alejada de esos momentos apasionados durante los tres días que rodean la fase de la Luna de su nacimiento. ¿Cómo se averigua que fase de la Luna era cuando usted nació? Muchas cartas astrológicas le darán esa información.

---

(12) Lori Reid, *Moon Magick* (New York: Three Rivers Press, Crown Publishers, 1988).

Previniendo la esterilidad

La de Pennsylvania Dutch, de antigua extracción alemana, tenían un compendio de prácticas de magia folklórica que, si usted investiga a fondo, puede ponerla en uso en estos tiempos modernos. El coloreado y la decoración de los huevos de pascua han sido ampliamente practicados desde los años 1800s en las áreas influenciadas por los holandeses. Para prevenir la esterilidad, cada familia decoraba docenas de huevos con modelos únicos y alegres. Luego los huevos eran colgados en un árbol de abedul o cerezo cuyos troncos y hojas eran envueltos con pedazos de algodón. El huevo, visto como un antiguo símbolo de fertilidad, brinda la misma energía de simpatía al ama de casa, y ella es responsable de colgarlos y de pedir las bendiciones a la deidad, cuando ata la cinta de la que suspende cada huevo. Si usted no quiere hacer todo el trabajo de romper y vaciar cada huevo y luego decorarlos, puede comprar huevos de plástico de colores que son abundantes en tiempos de pascua, insertar varios símbolos de fertilidad en cada huevo, luego colgarlos en un árbol miniatura dedicado al espíritu de la fertilidad.

Para sus amigos y situaciones sociales

Interactuar con personas ajenas a la familia puede ser tan importante para su bienestar emocional como la asociación con sus parientes de sangre. Los siguientes rituales y hechizos fueron diseñados especialmente para sus amigos.

Ritual de protección del lobo (13)

Estados Unidos es rico en herencias indígenas que muchos de nosotros hemos sido incapaces de aprovechar. Este ritual me lo envió Dream Wolfdancer y funciona bien si lo hace usted mismo, o dentro de un ambiente de grupo o de congregación, o sólo para su familia.

Utensilios: Hoyo para el fuego, parrillas viejas, o caldero; los medios para hacer un fuego; salvia.

Instrucciones: Haga el fuego. Encienda, y diga:

¡Hiya....hiya....hiya...hekohey!
**En esta noche, desde el bosque y el campo,
fría y oscura, ¡yo te llamo gran lobo!**

----

(13) Copyright ©1998 Dream Wolfdancer.

Aplauda o golpee un tambor con un ritmo como el
latido del corazón a medida que dice:

> Madre, madre, que amamantas tus cachorros,
>> cuida de mí y de los mios.
> Padre, padre, que proteges tu familia,
>> cuida de mí y de los mios.
> ¡Vengan oh hermanos y hermanas del clan!
>> ¡Vengan y bailen en la hoguera!
> ¡Festejen en la generosidad de la caza!
> ¡Canten con nosotros en la oscuridad!
>> Y cacen dentro de nuestros sueños.
> ¡Owoooooooooooo! ¡Owoooooooooooo!

Queme la salvia y esparza el humo sobre cada amigo o
miembro de la familia. Recoja tierra seca y roséela sobre
las llamas diciendo:

> ¡Nosotros somos uno!

Visualice un par de "lobos alfas" jugando con sus cacho-
rros. Diga:

Mi clan está seguro. Muchas gracias hermano lobo.

Deje un ofrecimiento para el padre cielo y la madre tierra.

El amuleto de la cuerda

Popular en las montañas Ozark al principio de los años 1900s, el amuleto de la cuerda consiste en botones y en buenos deseos para sus amigos, y se utiliza para proteger contra la negatividad y para traer buena fortuna. El amuleto de la cuerda no solo fue considerado de buena suerte, sino que se convirtió en un bello libro de recuerdos para las mujeres que no podían leer. Se pensaba que un botón de la fiesta de cumpleaños de alguien, de una boda, una navidad, la primera cita, era extra especial.

Utensilios: Recolecte un botón de cada uno de sus amigos, pidiéndoles que los bendigan con protección y amor.

Instrucciones: Unalos con una cuerda, pidiéndole protección, amor y suerte a la deidad. Use el amuleto de la cuerda para toda clase de magia de protección, o cárguelo en su billetera o cartera para traer buena fortuna y protección continuas. Si tiene un día malo, arregle la cuerda del amuleto en forma de círculo alrededor de su foto.

Para mejorar este hechizo:

• Hágalo un viernes en la hora de Venus.

• Hágalo en Luna llena.

• Hágalo cuando la Luna esté en Leo.

Colecciones botones de sus amigos para:

• Un amigo que está enfermo.

• Un amigo que se está mudando lejos.

• Un joven que va a ingresar a la universidad.

Hechizo de la prevención contra el asalto sexual

No se deje engañar por lo que dicen por ahí: el abuso sexual tiene que ver definitivamente con el control, el poder y la ira. El abuso sexual es un acto de violencia; un intento por controlarlo y degradarlo utilizando el sexo como un arma. El abuso sexual le puede suceder a cualquiera y lo puede hacer cualquiera. No hay delineamientos entre el tipo de víctima o el tipo de persona que ataca.

Este simple hechizo encuentra sus raíces en la magia Pow-Wow de Pennsylvania Dutch y se utilizaba para proteger contra toda clase de negatividad.

Utensilios: Un alfiler (gancho) de seguridad.

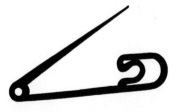

Instrucciones: Sostenga el alfiler con ambas manos y diga:

**Sangre y hueso,
muro como la piedra,
protéjanme por el trono de mi dama.
Punta del alfiler,
golpéalos y deja tu marca
como una jabalina.**

Visualícese rodeado por una luz blanca y protectora.
Mueva la luz dentro del alfiler. Siga cantando el poema
anterior hasta que el alfiler se caliente en su mano. Luego
sostenga el alfiler sobre su cabeza y diga:

¡Está hecho!

Lleve el alfiler en la manga izquierda de su camisa, blusa,
chaqueta o vestido. Vuélvale a dar poder una vez al mes.

Para mejorar este hechizo:

- Llévelo a cabo un sábado.

- Realícelo cuando la Luna esté en el lado oscuro.

- Llévelo a cabo un martes en la hora de Saturno.

- Hágalo cuando la Luna esté en escorpión o Leo.

- Adicione cuenta rosarios negros al alfiler y déselo a un buen amigo antes que se vaya de vacaciones o en un viaje de negocios.

- Bendiga el alfiler con la energía de un dios o diosa protector.

- Adiciónele un toque extra con el aceite de protección de su elección (aunque debe limpiarlo completamente antes de pegarlo en su blusa de seda preferida). **Nota:** Algunas mujeres prefieren lucir el alfiler a la altura de su corazón, pegado al brasier.

Consejo práctico

¡Sea inteligente! Camine con confianza y decisión por donde quiera que vaya. Sea siempre consciente de sus alrededores. No deje que las drogas o el alcohol nublen pensamiento. Viaje con un amigo si usted ir a lugares extraños o a fiestas a las que asisten personas que no conoce. Si su sistema de alarma interior está sonando como loco, ¡escúchelo! Evite el abuso o el asalto sexual. Conozca sus propias intenciones. Diga lo que quiere decir y quiera decir lo que dice. Si no conoce bien la persona con la que tiene la cita, conduzca su propio vehículo.

Protegiendo al servidor que lo protege a usted

Los oficiales de policía de nuestro país tienen un trabajo difícil. A medida que aumenta la población, así mismo crece la rata de criminalidad. Cuando su esposo o compañero tiene este oficio, enfrenta más energías negativas que la mayoría de las personas comunes y corrientes. Aquí hay un hechizo para ayudar a mantenerlos a salvo y de aliviar algunas de sus preocupaciones. Y que mejor símbolo para utilizar en nuestro hechizo que la estrella, descubierta probablemente como resultado de la investigación astronómica en la región del Tigris y Eufrates hace unos 6000 años, y que se usa hoy por varias agencias de policías así como por los militares americanos.

Las puntas de la estrella (o pentáculo) tienen dos significados: tierra, aire, agua, fuego, y el espíritu del hombre (encerrada en un círculo adiciona el espíritu universal); y los brazos, piernas y cabeza del cuerpo humano. En el año 400 a.C. Pitágoras utilizó ampliamente este símbolo y se lo adicionaba a la parte inferior de cualquier misiva para enviar un deseo de buena salud. La estrella era el sello oficial de la ciudad de Jerusalén durante el periodo 300–150 A.C. También podemos encontrar el pentáculo en la América precolombina a través de la cultura Maya. Algunos historiadores creen que el pentáculo está basado en el símbolo de la Diosa Kore (griega), aunque ella también se identifica con la Diosa romana Libera. Clement de Alejandría, en una versión cristianizada, celebraba la adoración de esta Diosa el 5 de enero como la vigilia de Epifanía de Kore. Finalmente, el pentáculo significa el juramento de uno (relacionado con el juramento de los individuos que tienen que ver con la aplicación de la ley).

El pentáculo (estrella), utilizado como símbolo de protección, es el signo de la Diosa romana Venus, Diosa de la fertilidad y de la guerra. Otras Diosas asociadas con el pentáculo son Ishtar, Astarte, Kore, Nephthys e Isis. (¿Conoce a alguien que pertenece a la orden de la Estrella Oriental? Ahora sabe de donde proviene el simbolismo).

Venus, con su amor por el orden y la belleza, es una elección perfecta cuando se pide protección para su ser amado. Su festival, el Vinalia, era celebrado el 23 de abril. Venus una vez fue la dama de los animales, y su consorte cornudo, Adonis, era cazador y castrador. La palabra "veneración" tiene sus raíces en Venus. Aunque los historiadores modernos a menudo igualan a Venus con el sexo y el placer, ella es una poderosa diosa protectora y cuida profundamente a aquellos que le piden su ayuda.

> **Utensilios:** Una vela blanca; una aguja o uña; muérdago (si no tiene muérdago, escoja otra hierba de protección a partir del apéndice); un pentáculo dibujado en un pedazo de papel blanco; una foto de su ser querido; la placa de policía; agua santa (agua mezclada con tres pizcas de sal y facultada por el espíritu).

> **Instrucciones:** Inscriba el pentáculo, apuntando hacia arriba, en la vela blanca con una aguja o uña, luego inscriba el símbolo de Venus (♀) sobre el pentáculo. Restriegue el muérdago cortado (si ha utilizado las bayas, no se meta los dedos a la boca hasta que no se haya lavado bien las manos). Coloque el papel con el pentáculo (con el lado de la punta hacia arriba) sobre su altar o superficie de trabajo. Coloque la vela en la punta de

arriba del pentáculo. Ponga la foto de su ser querido en el centro del pentáculo. Coloque la placa en la parte superior de la foto. Rocíe la placa con agua santa, visualizando la luz blanca y la protección alrededor del escudo y de la foto. Encienda la vela blanca. Sostenga sus brazos en el aire de manera que su cuerpo se convierta en una estrella. Diga:

Invoco las energías de Venus para protegerte
cada hora y cada minuto de cada día.
Tu tienes la fortaleza de las olas del océano.
Ho (toque la placa, visualizando ese don que se posa
en la placa y en su ser querido).
Tu tienes el amor protector de tu familia.
Ho (repita el toque de la placa).
Tu caminas de manera segura sobre la estabilidad de
la madre tierra.
Ho (repita el toque de la placa).
Los vientos de sabiduría tocan tu mente.
Ho (repita el toque de la placa).
Tu cargas el fuego protector dentro de ti.

Ho (repita el toque de la placa).

Tu tienes la fortaleza de las olas del océano.

Ho (repita el toque de la placa).

La tierra, el cielo, y el mar te envían su protección.

Ho (repita el toque de la placa).

Como yo lo haré, ¡Así debe ser!

Ho (repita el toque de la placa).

Haga el signo del pentáculo sobre usted mismo. Haga esto tocando el lado izquierdo del pecho, la frente, el lado derecho del pecho, el hombro izquierdo, el hombro derecho, y vuelva al lado izquierdo del pecho. Devuélvale la placa a su propietario. Deje que la vela se queme completamente. Nota: Si su esposo o compañero puede hacer este ritual con usted, su hechizo tendrá doble impacto.

Para mejorar este hechizo:

• Hágalo un viernes, el día de Venus.

• Hágalo a la hora de Venus.

- Llévelo a cabo un sábado (destierro) a la hora de Venus.

- Hágalo bajo la Luna llena (más poder).

- Hágalo bajo la Luna oscura (destierro de la negatividad).

Consejo práctico

¿Qué tan precavido es usted en la calle? ¿Camina solo en calles desiertas tarde en la noche? ¿Deja su bolso o billetera en el mostrador del supermercado mientras va a traer algo que olvidó? ¿Guarda grandes fajos de dinero en el bolsillo? ¿Deja su billetera en el abrigo y luego lo cuelga? ¿Le da a la gente de internet su número telefónico y su dirección? ¿Deja su vehículo sin alarma y sin seguro porque regresará en unos pocos minutos? Si su respuesta es "si" a alguna de estas preguntas, ¡usted necesita un ajuste de actitud sobre su seguridad personal!

Magia preventiva: la Luna en los signos

Cada mes la Luna viaja a través de los signos del zodiaco, gastándose más o menos dos días y medio en cada signo. Por lo tanto, usted va a necesitar algún tipo de almanaque astrológico para utilizar esta clase de magia.

- Utilice la Luna en Aries para protección en un nuevo proyecto, para resultados rápidos, rescatar personas, para dar ánimo y para los conflictos. El regidor natural es Marte, cuyas energías se relacionan mejor con la acción.

- Emplee la Luna en Tauro para protección en el dinero, el arte, los niños, el embarazo, y los asuntos éticos. El regidor natural es Venus. Venus tiene que ver con el dinero en efectivo, con sus pertenencias, la belleza, las artes y el deseo. Ella no tiene que ver con el matrimonio (para ese tipo de energía, escoja el asteroide Juno).

- Use la Luna en Géminis para protección o mejoramiento en la comunicación y los viajes cortos. El regidor natural es Mercurio, mejor conocido por el ingenio, el pensamiento rápido, y la comunicación.

- Utilice la Luna en Cáncer para la protección en su hogar, las acciones pasadas, las tradiciones, el jardín y su integridad. El regidor natural es la Luna, la cual se relaciona principalmente con nuestras emociones y asuntos familiares.

- Emplee la Luna en Virgo para proteger su salud, lugar de trabajo, su computador, las mascotas, la tierra, la congragación, o las personas en las fuerzas armadas o en la policía. El regidor natural es Mercurio.

- Use la Luna en Libra para proteger el compañerismo, una negociación, la justicia, las funciones sociales, los amigos y las joyas. El regidor natural es Venus.

- Utilice la Luna en Escorpión para proteger su fuerza de voluntad, su alma gemela, el trabajo oculto, a usted mismo durante una cirugía, los reclamos en las aseguradoras, las funciones en los rituales, los impuestos y la integridad. El regidor natural es Plutón, el planeta de la regeneración.

- Emplee la Luna en Sagitario para proteger la religión, la filosofía, la ley, los viajes largos, las fiestas, los deportes, los objetivos futuros, su sentido del humor y las publicaciones. El regidor natural es Júpiter, el planeta de la expansión.

- Use la Luna en Capricornio para proteger su carrera, su honor, un ascenso, su posición social, las finanzas a largo plazo y la sabiduría. El regidor natural es Saturno. Las energías de saturno son ordenadas, diligentes y constructivas. Sea precavido cuando trabaje con Saturno.

- Utilice la Luna en Acuario para proteger sus amigos, compañeros, la suerte, los clubes, el futuro en general, las instalaciones eléctricas, los trabajos con la congragación y su propia honestidad. El regidor natural es Urano, el cual es el libertador del zodiaco.

- Emplee la Luna en Piscis para protección de sus sueños, de ser estafado, de su espiritualidad, de las cosas que plante y de los secretos oscuros y tenebrosos. El regidor natural es Neptuno.

Ahora que tiene esta información, ¿qué se supone que va a hacer con ella? Abra su libro astrológico y mire la lista anterior. ¿Hay algo allí que le gustaría proteger a corto plazo? Encuentre la correspondencia de la Luna con los signos y encierre esa fecha(s). Escríba una nota como esta:

Octubre 16 -Luna en Acuarioo Quemar una vela negra para desterrar negatividad de Geraldine.

¿Simple? Si. ¿Efectivo? ¡absolutamente!

Bueno, de todas maneras no todas las cosas caerán en las categorías de la Luna con los signos (la vida es impredecible). Sin embargo, no hay razón de porque usted no pueda saber lo que significan la Luna y los signos, y planear su magia de acuerdo a eso. ¡Una vez usted empiece a usar este tipo de magia, se preguntará porque se tardó tanto en encontrarla!

El eclipse lunar como ritual de protección general

De acuerdo con nuestros amigos astrologos, el eclipse es un fenómeno celeste tan interesante, que si se usa de manera mágica, puede darnos un empujón positivo cuando más lo necesitemos. Los efectos de un eclipse lunar pueden sentirse desde una semana antes y hasta seis meses después, aunque algunos astrólogos discuten el asunto y nos dicen que el efecto más fuerte del eclipse lunar va desde el día anterior hasta aproximadamente treinta días después. Usted tendrá que hacer su propio experimento para aclarar el asunto por si mismo. La casa astrológica en la cual ocurre el eclipse le dará una clave para sintonizar finamente su magia. El signo en el que está la Luna también lo ayuda a preparar sus elecciones de las correspondencias (hierbas, colores de las velas, etc.), y la fase de la Luna puede llevarlo hacia el destierro de las energías que se manifiestan. Si es Luna llena, usted está de suerte (la magia puede ir por cualquier camino). Finalmente, si realmente quiere darle a la magia un pellizco extra, haga que un astrólogo le diga donde, en su carta transitoria, golpeará el eclipse y con que planetas hablará (o no) según su carta natal. Si no quiere hacer esa investigación, no se preocupe.

Cada eclipse lunar tiene un comienzo, un punto medio, y un final. De nuevo, los astrólogos difieren sobre el tema del tiempo. Algunos sienten que con el fin de capturar las energías celestes en su red de magia, usted debería hacer el ritual antes del comienzo de la ocurrencia astrológica. Otros no son tan meticulosos. En el ejemplo de aquí, yo preparé mis fuentes y le di el poder a mis velas e incienso antes del eclipse real. Esto me tomó aproximadamente una hora, ya que tenía muchos asuntos que hacer. Luego hice un ritual preliminar al aire libre al comienzo del eclipse e hice un ofrecimiento de leche, miel, e incienso a la deidad. Esto me llevó aproximadamente quince minutos. En el punto medio del eclipse (la hora que el almanaque le dice), dirigí las energías dentro del ritual. Finalmente, al final del eclipse, sellé todas las energías con las que trabajé.

Antes del ritual me senté con una libreta de tomar notas y pensé cuidadosamente acerca de la manera como quería usar las energías del eclipse lunar. La Luna estaba en Leo, y estaba

llena (dos ganancias extras de energía). Decidí que quería
proteger mis finanzas, mi carrera, mi hogar, y mi grupo
mágico. Por supuesto que habían otras cosas que pude haber
hecho con este eclipse (y lo hice), pero justo ahora nos estamos concentrando en el asunto de la protección. Escribí mis
deseos y por último, escribí la palabra "éxito". Elegí cuatro
velas de siete días (roja, negra, verde, y púrpura) y una vela
más delgada (amarilla). (Roja para que las cosas se vayan bien,
negra para proteger mis intereses, verde para curación
durante los seis meses siguientes, y púrpura para mejorar mi
espiritualidad). La última vela, la más delgada, fue colocada
en el centro de la mesa. Esa era mi vela del éxito, utilizada
para amarrar las energías de las otras velas.

Sobre las velas roja y verde dibujé el símbolo de Júpiter (la
energía expansiva), Mercurio (el flujo fácil), y Venus (el amor
universal). Sobre la vela negra tallé el pentagrama de destierro
(para desterrar la negatividad). Sobre todas las velas tallé el
símbolo astrológico para la Luna y para Leo, ya que la Luna
estaba en leo. Le di poder a todos los símbolos con aceite
mágico. Luego mezclé varias hierbas e inciensos para con dos

propósitos: una mezcla era para el ritual en si, y la segunda mezcla estaba concentrada principalmente en la protección. Utilicé los inciensos base de este libro y le adicioné cincoen-rama (porque tenía dos casos de corte que estaban teniendo su curso); hojas de sauco (para quebrar especialmente las energías negativas fastidiosas); y romaza amarilla (para incrementar la prosperidad financiera). Luego rocié un poco del primer incienso sobre la parte superior de cada vela. Finalmente, colo-qué mis tarjetas de tres por cinco pulgadas bajo las velas, de manera que cuando estuviera llevando a cabo el ritual, recor-daría las energías sobre las cuales había escogido trabajar.

Unos minutos antes de empezar el eclipse, caminé hacia afuera con un vaso de leche, un pedazo de pan con miel, mi incienso de protección y el carbón, y una bolsa de polvo de pro-tección de Morgana. Con la Luna iluminando por completo, fui a colocar la leche y el pan en mi altar exterior, cuando descu-brí que mi padre había puesto mi altar exterior en el cobertizo debido al clima helado. Por tal razón, coloqué la leche y el pan sobre la tierra donde normalmente está el altar, ofreciendo dichas cosas a la divinidad en silencio. Luego encendí el carbón y esperé que el incienso empezara a quemarse. Muy lentamente, levanté el tazón de manera que pude ver la Luna claramente, escondida solamente por el humo del incienso.

A medida que decía mis oraciones, fui al estado alfa y la Luna se partió en dos, proporcionándome los ojos sagrados de la noche. A medida que finalizaba mis oraciones y salía del estado alfa, las dos orbes se unieron y se convirtieron en un todo.

En ese momento caminé en dirección de las manecillas del reloj alrededor de mi propiedad, esparciendo el polvo de protección. Me aseguré de rociar con el polvo de protección los vehículos, cada lado de la casa, y todas las puertas. Luego regresé a mi estación original, le agradecí a la deidad, y apilé más incienso en el carbón. Dejé que el carbón se quemara en el plato sobre una piedra larga y plana. Ya se había completado la primera parte del ritual.

La segunda parte del ritual involucraba la elaboración de un círculo de protección, la invocación de la deidad, el darle poder adicional a las velas, y encenderlas, seguido por un periodo de crecimiento de energía y de meditación. A medida que le volvía a dar poder y rezaba sobre cada vela, permanecía concentrada en lo que estaba escrito en mis notas. Finalmente, liberé el círculo, poniendo la energía de vuelta en las velas.

La tercera parte se llevó a cabo precisamente en el momento en que el eclipse era considerado astrológicamente "terminado". Yo recé una vez más, con mis palmas dándole la cara a las luces encendidas, luego caminé en dirección de las manecillas del reloj alrededor de la parte exterior de la casa, pidiendo protección una vez más. En ese momento regué sal marina para formar una barrera final contra la negatividad.

El ritual anterior se considera un ritual básico y espontáneo porque no lo trabajé ni hablé basado en algo escrito. En lugar de eso, utilicé mi intuición. Empecé el ritual cuando lo sentí adecuado, y dije lo que sentí que era más apropiado. Como no tenía ira en mi corazón, el ritual se llevó a cabo con tranquilidad. Si algunos de ustedes están pensando que este ritual es muy complicado, no se preocupen. Eventualmente, intentará algo un poco más intenso y solo necesitará volver la cara a este ritual y utilizarlo como su guía.

3

Desterrando esas irritaciones menores

Cuando los pasos llegan
en la noche y usted
es asediado por la duda
y el temor, resista esa hora
más oscura porque para el brujo
su temor es poder.

—David Norris © 1998

Muchos inconvenientes se presentan en nuestro camino. Sería necio hacer un hechizo para cada cosa que no cumpla nuestras expectativas. Sin embargo, tampoco queremos ser víctimas cuando eso se puede evitar. No deje que los hechizos simples de este capítulo lo engañen. Los procedimientos complicados no garantizan un trabajo exitoso ni indican que usted sea un mago exitoso. Un chasqueo de sus dedos literalmente puede mantener alejado a los perros de morderle su pie derecho, siempre y cuando usted mantenga en mente lo siguiente:

- No entre en pánico.

- Evalúe la situación.

- Emprenda la acción.

- Nunca ataque a un inocente

Consejo práctico

Todos los hechizos en este capítulo (y el siguiente), están diseñados para alejar las influencias negativas, detener ataques, y para su autodefensa. Ellos no son para utilizarse para iniciar un ataque sobre un individuo inocente. Si lo hace, usted es el que va a ser afectado. Con cada ritual que lleve a cabo para devolverle la negatividad al propietario (especialmente si usted debe especificar), es necesario:

- Hacer una limpieza personal.

- Hacer un rito o hechizo de curación para la persona que ha experimentado la injusticia, junto con su llamado a la justicia.

Trate de hacer una afirmación positiva después de cada hechizo y encienda una vela blanca mientras pide una curación permanente.

Hechizos folklóricos simples
para problemas pequeños

El nivel de magia que usted use deberá ajustarse a la seriedad del problema. Es necio hacer un ritual con todas las de la ley para tratar un altercado menor que se podría solucionar con el sentido común o con unas pocas palabras bien dichas. Si siente que la magia es necesaria, pero no está dispuesto a establecer un altar completo o a llevar a cabo una ceremonia de tres horas, entonces aquí hay algunas soluciones simples para problemas pequeños.

- Coloque su camisa al revés y cuélguela en una puerta y luego cierre la puerta con fuerza para devolver el chismorreo. Encienda una vela blanca y diga: "Gran madre, levántame por encima del mar de las palabras desconocidas. Bríndame paz, armonía, y buena voluntad".

- Tome su medida (de cabeza a pie) con un hilo rojo y quémelo para liberarse de la negatividad que pueda crecer en un momento estresante. Encienda una vela blanca y diga: "Señor y dama, límpienme de toda la negatividad. Permítanme ir hacia adelante con la verdad, honestidad y alegría".

- Llene una taza con tierra y colóquela en la esquina del salón más visitado de toda la casa. Sostenga sus manos sobre la taza y pídale al elemento tierra que remueva la negatividad de su casa (o de su vida). Déjela puesta por siete días. Arroje la tierra fuera de la casa.

- En un pedazo de papel escriba el nombre de la persona que ofende y colóquelo en el congelador. Encienda una vela blanca y diga: "Yo tengo gran poder conmigo. Señor y dama, bendíganme y cuídenme en mis horas de necesidad".

- Limpie su casa con salvia después de una discusión menor. Encienda una vela blanca y diga: "Gran madre, llena mi corazón, mi alma, mi mente y mi casa con paz, tranquilidad y amor".

- Escriba el nombre de la persona que lo ofende sobre el as de espadas. Colóquelo en un sobre y diríjalo a su peor lugar sobre el planeta. Encienda una vela blanca y diga: "Rompe la maldición de las palabras y acciones negativas que me utilizan como objetivo, y fractúralas como vidrio roto en la carretera. Denme la gracia, señor y dama, con su divina intervención. Estoy confiado, fuerte, y lleno de poder".

- Coloque el nombre de la persona que ofende en una jarra con salmuera. Vierta vinagre sobre el nombre. Cierre bien la jarra. Deje que se mezclen todos esos jugos. Encienda una vela blanca y diga: "Señor y dama, dejen que cese y desista esta ruptura sobre mi. Yo soy un individuo fuerte y poderoso".

- Para romper un hechizo menor, orine sobre un ladrillo y colóquelo afuera, al lado de su puerta principal. (¿Sucio de hacerlo? Si, pero funciona). Encienda una vela blanca y diga: "Rompe la mala energía con un sonido chirriante y una llama. Nadie puede afectar o detenerme de un propósito honorable".

- Devuelva el ataque psíquico, tocando música folklórica. Encienda una vela blanca y diga: "Vayan adelante, legiones de ángeles, y protéjanme. Yo estoy bendecido con el sentido común".

- Escriba la palabra "justicia" en la huella del pie de alguien que le haya hecho daño a usted. Encienda una vela blanca y diga: "Asísteme, gran padre, en mi hora de necesidad. Que la justicia pueda tropezarse con la persona que me ha hecho daño. La justicia sabia prevalecerá".

- Aquí hay una de los años noventa. Asegúrese que la sombra de la persona que le ha hecho mal, se refleje sobre un papel. Tire el papel por el inodoro. Encienda una vela blanca y diga: "La sombra del ser es el ser. Yo destierro a (nombre de la persona) de mi vida. El agua lava y el agua fluye, (nombre de la persona) se irá, se irá, se irá. Cada día camino renovado en la luz de la armonía universal".

- Destierre las influencias negativas escribiéndolas en un pedazo de papel higiénico. Tírelo en el inodoro. Adicione limpiador. Descargue el agua. Encienda una vela blanca y diga: "Desactivo cualquier negatividad con el agua y el jabón. El mal se hunde como un bote roto. A partir de esta tempestad yo me levanto fuerte y verdadero".

- Escriba el problema en un pedazo de papel, rásguelo en tres y luego tírelo al centro de una carretera. Pídale a la Diosa Hecate que se lleve lejos el problema. Luego encienda una vela blanca y diga: "Madre oscura, dulce y divina, reina de la noche, mira mi señal. Domina esa manada de cerdos miserables. Yo venceré todos los obstáculos en mi camino, y seré cada vez mejor".

- Mezcle un mechón de su cabello con hojas de saúco, luego colóquelos en su palma, llévelos afuera y sople el cabello y las hojas diciendo: "Lo que una vez fue ligado ahora es desligado".

- Corte un limón por la mitad. Enjuáguese con el jugo de limón para remover toda la negatividad, y luego enjuáguese con agua. (Este es excelente para sentirse despierto en las mañanas, pero especialmente cuando se está sintiendo deprimido). Encienda una vela blanca y diga: "El limón se enciende y se puede dar la limpieza; remueve toda la negatividad de mi mente, cuerpo y alma. Libérame de todo mal. Empiezo el día con confianza y poder personal".

- Coloque una vela de cumpleaños en una taza con tierra, enciéndala, sáquela, y pártala. Bote la mitad quemada. Vuelva a encender la vela que queda y diga: "Toda la negatividad a mi alrededor se ha roto. Yo estoy lleno de la luz amorosa del universo". Cuando la vela se haya terminado de quemar, bote la tierra afuera.

- ¿No le está yendo muy bien con su tienda? Corte cáscaras de cebolla y ajo hasta obtener un polvo fino. Adicione una pizca de azúcar morena. Quémelo en un pedazo de carbón para romper toda la negatividad en su lugar de negocios. Luego coloque una castaña cerca de la caja registradora. Esto funcionará por un mes.

Eliminar el estrés

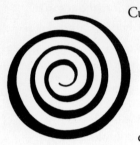

Cuando nos encontramos en crisis o en medio de una situación negativa, tendemos a darle más importancia a las pequeñas tonterías de lo que es necesario. Aquí hay algunas ideas rápidas para ayudarlo a relajarse y a eliminar el estrés.

• Limpie su casa o apartamento con salvia quemada y agua santa.

• No olvide su baño o ducha espiritual.

• Haga sus devociones espirituales diariamente (1).

• Queme una vela negra para devolver la negatividad, luego queme una vela blanca, azul, o púrpura para producir armonía espiritual.

• Hierva albahaca en una olla pequeña sobre la estufa.

---

(1) Para más información sobre las devociones diarias, vea mi libro *To Stir a Magick Cauldron* (Llewellyn, 1995).

- Rocíe las esquinas de su sótano y ático con una mezcla de angélica, romero, y albahaca cortados (todas son hierbas que usted puede conseguir en una tienda de abarrotes).

- Dedique por lo menos cinco minutos cada día para meditar. Visualice la paz, la prosperidad, y la alegría entrando en su casa. Yo utilizo una escena calmada, tal como una playa blanca y aislada con olas suaves y ondulantes.

Todas estas cosas parecen muy fáciles, ¿cierto? Hasta parecen que no valen su tiempo porque son muy simples, pero no deje que la falta de embellecimiento lo engañe.

Consejo práctico

Las velas de doble acción (velas de dos colores) trabajan bien en combinación con la magia. Usualmente la mitad de arriba es de un color y la mitad de abajo es negra. Las velas de doble acción son difíciles de obtener en muchas áreas del país. Para solucionar este pequeño dilema, sólo ponga una vela votiva sobre la parte superior de otra. Si no tiene una votiva negra (de nuevo, ellas pueden ser difíciles de obtener cuando no se está en temporada), utilice una café. Use la siguiente regla general:

Verde y negro (café): Exito, suerte, y problemas de dinero.

Rojo y negro: Amor, problemas de energía personal o sexual.

Blanco y negro: Limpieza personal, de negocios, o de la casa.

Condiciones cruzadas

Una condición cruzada es cuando la energía a su alrededor se ha ido, y más que armonía, usted está experimentando toda clase de contrariedades, circunstancias negativas, o una sucesión increíble de ocurrencias extrañas. Antes de entrar en pánico y pensar que alguien lo ha maldecido, recuerde que puede estar ocurriendo una condición cruzada porque:

• Usted no escuchó sus instintos y siguió ciegamente hacia adelante.

• Usted no escuchó al espíritu, quien lo estaba impulsando en una dirección diferente.

• Usted puede haber pedido el catalizador antes de llegar aquí a la tierra para que lo ayude a cambiar o a producir algo que afectará a muchas personas de una manera positiva. Esto significa que el fuego que hay bajo su espalda está resplandeciendo con un propósito. La mejor manera de determinar esto es tener a alguien que le haga su carta natal astrológica y una carta actual para ver cuales pueden o no ser los factores que se le atribuyen a su situación.

Solamente trabajar la magia para aliviar una condición cruzada no lo ayudará de ninguna manera si usted no enfrenta el problema con resolución. La condición cruzada ocurrirá repetidamente hasta que usted programe su mente para hacer algo al respecto y hacer un esfuerzo por solucionar el problema.

Colores combinados

La comunidad mágica siempre es diversa en sus enseñanzas, de manera que no es de sorprenderse que a medida que miremos a través de material escrito, encontremos muchas combinaciones de colores utilizadas para solucionar una condición cruzada. Algunos magos prefieren usar las velas de doble acción, mientras que otros eligen los cirios o votivas individuales. Con las velas individuales, algunos pueden escoger las púrpuras y azules, mientras que otros optan por la trinidad del amarillo, anaranjado, y café. En el último caso, el amarillo y el anaranjado son para promover las vibraciones positivas y para que las cosas sigan adelante con velocidad, mientras que la café se emplea para desterrar cualquier energía negativa que pueda estar alrededor. El púrpura y el azul buscan los octavos

superiores de energía. Es útil quemar una vela blanca después
que haya completado el trabajo mágico, junto con el hecho
de decir en voz alta una afirmación positiva que se ajuste con
la intención futura.

Hechizos de retorno

Muchos de los hechizos en los capítulos siguientes vienen
con el encabezado de "hechizos de retorno", que quiere decir
que estamos regresando la energía que nos fue enviada, más
que alimentar un problema con nuestra propia energía negativa. Utilizar en el hechizo el nombre de la persona que le
está haciendo cosas malas será su decisión. Algunos magos
creen que usted no debería escoger a alguien especial (devolver el hechizo en forma indiscriminada estará bien), otros
piensan que es perfectamente aceptable retornar el mal a quien lo originó. Otros piensan que la ley del "ojo por ojo" se debe
aplicar. Todo esto se ajusta al modo de
pensar "mi forma es la forma correcta",
algo de lo que yo personalmente trato de

permanecer alejada. ¿Yo? Yo soy una Luna en Sagitario, la clase de persona que no se quiere entrometer en estos casos. Por lo tanto, su deicisión es totalmente personal.

Maldiciones

Si usted piensa que está maldito, ¡deténgase! Las maldiciones reales (maldiciones verdaderas) son increíblemente raras. La mayoría de las personas no tienen la pericia mágica para realizar algo así, y si ellas sí tienen esa clase de poder en sus manos, muy probablemente son bien entrenadas, lo que quiere decir, básicamente, que usted no vale el esfuerzo (por supuesto, a menos que usted haya hecho algo increíblemente criminal y se lo tenga bien merecido). Dejando las bromas de lado, muchas personas que piensan que están malditas, realmente están sufriendo de baja auto estima o de alguna clase de incapacidad mental, y por lo tanto, toda la maldición está en sus cabezas.

Por supuesto, para ellos puede parecer muy real, pero eso se debe a que están alimentando su propia creación monstruosa. Yo he encontrado efectivo poner a este tipo de individuos en contacto con su ángel guardián. También ayudará a aliviar la situación el hecho de ayudarlos en el desarrollo de su propio plan espiritual que se concentre en afirmaciones positivas, rituales simples de luz, meditación y oración. Desafortunadamente, y ahora se lo advertiré, muchas veces es más fácil pensar que usted está maldito que ir a través del duro trabajo de un plan espiritual, y muchas veces aquellos que se encuentran necesitados meterán sus narices en sus sugerencias. Si esto sucede, ellos están en contradicción. (Esto es una condición psicológica, no el resultado de un hechizo). Aquí la mejor forma de pensar es enviar al individuo donde alguien que verdaderamente pueda ayudarlo (como un psicoterapeuta u otro médico) y ofrecer oraciones por ellos mientras tanto.

Finalmente, cuídese de esas personas que le dicen que hay una maldición que cuelga de su cabeza. Algunas veces la gente hace eso sólo por mortificar, otras veces es por dinero. Si alguien lanza una maldición, en realidad lo que está haciendo es maldiciéndose a si mismo. El karma regresa a esa persona y usted puede seguir adelante con su vida silbando una linda tonada. Si la afirmación realmente empieza a molestarlo, haga un ritual de limpieza y olvídelo.

Hechizo para tener control

Algunas veces cuando ocurren cosas negativas desearíamos que el tiempo se detuviera para analizar la situación. También queremos utilizar este tiempo para tomar control. La ira no es una opción. Este pequeño hechizo lo ayuda a hacer eso.

El rosario fue un instrumento de adoración de la rosa, la cual se conocía en la antigua Roma como la flor de Venus y la insignia de sus sagradas prostitutas (2). Mientras la rosa roja representaba la sexualidad, la rosa blanca (o lirio) representaba la pureza. Los cristianos adoptaron ambas flores simbólicas y cambiaron sus significados para ajustar la nueva fe. Algunos académicos creen que la rosa primero fue utilizada en la India, donde la gran madre era llamada la Santa Rosa.

Entonces no es de extrañarse que el simbolismo mágico de la rosa involucre la pasión, el amor puro, la amistad y la sexualidad.

---

(2) Barbara Walker, *The Woman's Encyclopedia of Myths and Secrets* (New York: Harper Collins, 1983), p. 866.

En este hechizo, la combinación de miel, rosa y agua de manantial arrastra la pureza de la mente en perfecto amor y en perfecta confianza, permitiéndole a usted relajarse, ver claramente y sacar algún tiempo para pensar acerca de las circunstancias.

Utensilios: El evento en cuestión, escrito en un pedazo pequeño de papel; 2 tazas pequeñas; 3 pizcas de sal marina; agua de manantial; un mechón de su cabello; 3 gotas de miel; un pétalo de rosa.

Instrucciones: Doble el papel tres veces. Colóquelo en el fondo de la primera taza. Rocíelo con sal marina. Vierta agua en la taza. Coloque el mechón en la segunda taza. Ponga tres gotas de miel sobre el cabello. Adicione el pétalo de rosa. Cubra con agua de manantial. Diga:

El tiempo se detiene, las gotas de odio
caen dentro de la vasta y congelada piscina
de lo más profundo.
La sabiduría llega, los temores corren
y yo no tengo tiempo para tomar decisiones.

El tiempo se detiene, las gotas de odio caen
dentro de la vasta y congelada piscina
de lo más profundo.
Brisas gentiles, poderosas brisas,
no tengo tiempo para ver cada razón.
El tiempo se detiene, las gotas de odio
caen dentro de la vasta y congelada piscina
de lo más profundo.
Así debe ser.

Dibuje una cruz de brazos iguales sobre ambas tazas para cerrar el hechizo. Congele las dos tazas. Descongele las tazas cuando esté listo para tratar la situación de una manera lógica.

Para mejorar este hechizo:

- Saturno, el planeta de la constricción, puede ayudarlo a calmar las cosas de manera que pueda encontrar tiempo para pensar. El día de Saturno es el sábado.

- Emplee un rosario en su hechizo diciendo una afirmación cuando toque cada cuenta rosario.

Consejo práctico

La Luna viaja en un camino elíptico alrededor de la tierra. El punto más lejano de la tierra se llama apogeo. El
punto donde la Luna está más cerca a la tierra se llama
perigeo. Cuando el perigeo coincide con la Luna llena, se
magnifica la capacidad de la Luna para reflejar la energía. Ocurren malas condiciones de tiempo, grandes tormentas, extrañas emociones, y una gran providencia para
la violencia y el comportamiento criminal. La gente
mágica aprende a represar este poder para mejorar sus
trabajos y obtener sus deseos.

Derritiendo la miseria: Magia de la nieve

Para aquellos que viven en climas invernales, pueden intentar trabajar con la nieve. Primero, dibuje un gran pentáculo en la nieve. Párese en el centro del pentáculo y repita el canto del hechizo anterior o use otro de su elección. Adecue su hechizo a las condiciones del clima. Por ejemplo, si usted vive en un área donde recibe gran cantidad de nieve (y no hay opción de derretirse rápido), repita el hechizo como lo acabo de dar. Para quienes viven más cerca a la zona ecuatorial, donde las tormentas de nieve son intermitentes y el derretimiento ocurre en pocos días o semanas, cambie su hechizo para establecer un tiempo específico (un día, tres días, siete días etc.). Cada día, a medida que el pentáculo se derrite, párese en el centro y repita su propósito, finalizando con una afirmación positiva. Camine a lo largo de las líneas de la estrella de manera que no se arruine su pentáculo de nieve. Para quienes viven en áreas donde prevalecen las tormentas de hielo, pero que tienen poca nieve, dibuje su pentáculo con roca de sal sobre los pedazos de hielo. En áreas donde no cae nieve, podrá hacer una versión más pequeña del pentáculo de nieve sobre un plato con hielo cortado; coloque su nombre en el centro, así como su deseo, y luego colóquelo en el refrigerador. Permita que se descongele cuando usted esté listo para tratar calmadamente con el problema.

Para llevar a cabo un hechizo de hielo y fuego, haga su pentáculo del plato con nieve o hielo cortado y coloque una vela de cumpleaños en cada punta. Selle este hechizo con un cubo de hielo puesto en la punta inferior del pentáculo; congelelo. Cuando esté listo para llevar a cabo su hechizo, coloque el plato sobre el altar y encienda las velas, diciendo las palabras apropiadas. Esto es muy bueno para una ceremonia de perigeo en Luna llena donde usted necesita gran cantidad de poder. (Si necesita romper rápidamente el hechizo, deje correr agua caliente sobre el pentáculo congelado).

Logrando fuerza para soportar

Los académicos han conectado el muérdago con los primeros ritos paganos, simbolizando la fertilidad y el tema del Dios sacrificado. En otra creencia folklórica adoptada por la iglesia cristiana, el muérdago era cargado hasta el supremo altar en la pascua de navidad, aunque algunos oficiales de la iglesia más tarde negaron la importancia o significado, diciendo que el muérdago fue colocado allí por error. Hablando de manera mágica, el muérdago carga el poder de la protección, la fertilidad, la salud, el amor, el exorcismo, y la cacería. En este hechizo nosotros vamos a contar con sus cualidades en el exorcismo y la protección. Si usted quiere que algo se mueva, entonces aquí está lo que debe hacer.

Utensilios: Un libro gordo, grande y pesado; agua santa; salvia; el asunto escrito en un pedazo de papel y la conclusión que usted desea (sea específico); muérdago cortado; un pedazo de 13 pulgadas de hilo rojo; 1 vela roja. (**Nota:** para claridad en un asunto de amor, utilice pétalos de rosa en lugar de muérdago).

Instrucciones: Rocíe el libro con agua santa. Limpie el área de trabajo con saúco que se esté quemando. Abra el libro. Coloque el papel en el centro del libro abierto. Rocíe el muérdago sobre su papel. Tienda el hilo rojo a lo largo de la página de manera que parte del hijo esté sobre la página y otra parte estará colgando cuando éste

esté cerrado. Este hilo es su "liberación" que las circunstancias no deberían manifestar si usted lo desea. Si esto
sucede, usted puede halar la cuerda fuera del libro para
romper el hechizo. Sostenga sus manos sobre el libro
abierto y diga:

Sube a través de mis raíces, baja a través de mis alas,
dentro de mi corazón, y señales de energía.
Todavía va a través de mi mente, a través
de las palabras que danzan,
desciende sobre mi, sagrado trance.
Permite que todos los impedimentos se favorezcan
y que ahora sean desterrados de este lugar.
Agua salada, humo de la salvia,
aleja toda traza de temor y rabia.

Cierre el libro. Coloque la vela roja sobre su cubierta.
Relájese, respire profundo y visualice la armonía a su
alrededor. Encienda la vela. Sostenga las yemas de sus
dedos sobre el libro. Incremente la presión con sus dedos
a medida que recita:

Espíritus del Este, Sur, Oeste, Norte,
yo los invoco, los llamo y los imploro.
Gracias de pensamiento, cambio, sentimiento, hecho:
esos dones ahora dejan que su fortaleza atraiga.

Oh dama, reina de la tierra y el mar,
ven a mi ayuda; yo lloro ante ti.
Oh señor del aire, oh señor del fuego,
ven y dale forma a mi deseo.

Oh luz que se eleva, luz que se expande,
yo me elevo a ti ya que el trabajo empieza.
Oh cono arremolinado de poder, te rezo
para que hagas todo como lo digo.

Presión para soportar, el encantamiento empieza.
Que explote la energía de manera
que yo pueda ganar.
Los espíritus hablan, las serpientes se enroscan,
la muerte ayuda y el cambio llega.

Oh todopoderosos, ustedes se liberan
con gracias y amor de su sacerdote.
Oh círculo, abre tu abrazo.
Oh poder, apresúrate a tu tarea.

Sol, Luna, estrellas, planetas, ahora escuchen:
¡alinéense de manera compatible!
Que los problemas no se me devuelvan a mi,
ya que esa es mi voluntad, !así debe ser¡(3)

Aplauda para cerrar el hechizo. Cuando haya recibido su
deseo, queme el papel y esparza las hierbas en el viento.

Para mejorar este hechizo:

- Llévelo a cabo un martes en la hora de Marte.

- Realícelo en Luna llena.

- Adiciónele a la vela el símbolo de Júpiter (expansivo),
  Mercurio (comunicación clara), o Marte (acción).

- Adiciónele una pizca de jengibre a la mezcla para hacer
  que el hechizo trabaje más rápido.

----

(3) Un canto para todos los propósitos escrito por Jack Veasey.

Receta de vinagre para los cuatro ladrones

Este tipo de recetas las encontrará en muchos de los textos de ocultismo publicados entre 1940 y el final de los años 1960. En los 70s, cuando la Nueva Era llegó a la costa atlántica de los Estados Unidos, este cocimiento empezó lentamente a marchitarse en los libros predominantes de brujería, pero su uso permaneció latente en New Orleans y las áreas circundantes. Esta poderosa receta devuelve el mal y la negatividad justo al lugar donde pertenecen. Utilícela para ungir o cargar las velas, adicione una o dos gotas mientras mezcla su incienso, o mientras viste los objetos utilizados como un punto focal para retornar la negatividad. Esta receta proviene de Morgana, de Morgana's Chamber en la ciudad de Nueva York. Me gustaría agregar que algunas recetas de vinagre pueden consumirse. Dichas recetas incluyen vino rojo convertido (vino rojo que se ha vuelto vinagre), o vino vinagre y ajo.

Nota: ¡Este no es para consumir!

Utensilios: Una jarra de vidrio de 8 onzas (vacía y esterilizada); 6 onzas de vinagre de vino rojo; 11 gotas de aceite de vetiver; 9 gotas de aceite John the Conqueror; 5 piz-

cas de pimienta negra; 3 pizcas de verbena cortada; 3
pizcas de sal marina.

Instrucciones: Adicione los ingredientes en el orden
dado, concentrándose en la protección de los enemigos
mágicos y mundanos. Tape la parte de arriba, apriete
bien y almacene. Se hace mejor cuando la Luna está en
la parte oscura.

Usos:

- Sumerja copos de algodón en vinagre para los cuatro
ladrones para mantener alejados los fantasmas y las
malas influencias.

- Vista una vela negra o café con este aceite para protección y exorcismo.

- Rocíe este vinagre sobre el pórtico de alguien que haya
estado molestándolo, con el fin de superar esas malas
intenciones.

- Llene una botella pequeña con el vinagre. Escriba el
nombre de la persona que usted desea desterrar de su
vida. Tírela en un cuerpo de agua viva.

Trabajo del espejo para
repeler la negatividad

Si sabe que existe alguna negatividad galopando hacia usted
(y si, algunas veces el destino nos advierte), usted puede
armar una "matriz atrapadora" con un cristal de fluorita y un
espejo pequeño. El cristal se carga para dirigir la energía
dañina hacia un espejo pequeño, de donde el universo toma
la energía y la envía a donde el espíritu piense que es mejor.
La única advertencia ligada con este hechizo radica en su
habilidad para concentrarse. Su concentración requiere que
usted vea el espejo como un embudo o cañón donde la energía solo se puede mover en una dirección: hacia la superficie
del espejo, haciendo del espejo una pequeña puerta abierta a
través de la cual la energía pasa en una dirección, a través del
espejo y lejos de usted.

También puede usar este trabajo con el espejo para atrapar
uno de esas "cosas que vagan por la noche y que usted ha tra-
tado todo y no ha logrado que se vayan". Para hacer esto,
coloque el espejo como un lazo donde la puerta es como un

papel pegante de espíritu, luego entierre el espejo en una lugar fuera de su propiedad donde no sea molestado (4). Recuerde, primero debería hacer una limpieza completa de la casa. Si eso no funciona, use el espejo, luego haga una limpieza adicional de la casa.

Los espejos y otras superficies reflectivas una vez fueron considerados como atrapadores de almas y puertas al mundo del espíritu. La palabra egipcia para "vida" era sinónimo de la palabra para "espejo". Los practicantes mágicos durante mucho tiempo han usado espejos para ganar un segundo discernimiento, creyendo que si un espejo podía reflejar exactamente lo físico, este reflejaría el pasado y el futuro si se sintonizaba de una manera específica.

---

4. Lady Gillian.

Para detener un mal chisme

La gente chismorrea porque no están felices con sus propias vidas, y por lo tanto sienten la necesidad de compartir su miseria haciendo infelices a otras personas. Si usted ha intentado hacer la magia folklórica anterior y no han funcionado, aquí hay algo que fue diseñado por mi hija cuando tuvo un momento difícil en el colegio con un grupo de chicas que estaban empeñadas en destruir su reputación.

Utensilios: 4 velas negras; aceite de protección; su foto; sal; los nombres de las personas que están difundiendo rumores de usted (si no tiene esos nombres, entonces diga, "que todo lo malo que hablan de mi cese inmediatamente", y escriba esto en un pedazo de papel); 1 vela roja.

Instrucciones: Unja las velas negras con el aceite de protección, trabajando desde el fondo de la vela hasta llegar a la parte más alta. Coloque las velas alrededor de su foto. Dibuje un círculo de sal alrededor de las cuatro velas de manera que el círculo encierre las velas y su foto. Encienda las velas. Diga lo siguiente:

Oh madre todopoderosa. Hay personas
que se imaginan cosas de mi y que no son verdaderas.
Aquellos que se consideran los reyes o
reinas de (el colegio, mi trabajo,
nuestra familia, etc.),
se han puesto en mi contra.
Ellos han envenenado el pensamiento
de los superiores para hacerme daño.
Sé mi escudo, gran madre.
Elévate y cúbreme con la gloria de tu esencia.

Coloque los nombres de las personas debajo de la vela
roja que están tratando de destruirlo. Encienda esta vela.
Sostenga sus dos manos sobre la vela (no muy cerca) y
diga:

Rompe sus intenciones en pedazos,
y aleja las líneas físicas y astrales
de energía negativa ligadas a mi.
Proporcióname las herramientas
para pelear por mi reputación.

Míralos a ellos, mi madre.
Déjalos sentir tu furia a medida
que les regreses sus energías
negativas y los rompas en pedazos
como vasijas de porcelana.
En los nombres del señor y la dama, ¡que así sea!

Aplauda y diga en voz alta:

¡Este hechizo está sellado!

Deje que las velas se quemen completamente. Está bien llevar a cabo este hechizo todos los días hasta que usted sienta que ya no la pueden maltratar.

Para mejorar este hechizo:

- Llévelo a cabo un viernes a la hora de Venus o a la hora de Mercurio.

- Inscriba los símbolos de Venus y Mercurio en sus velas.

- Adicione un aceite de imposición de silencio cuando esté ungiendo las velas.

- Prepare un polvo "devolverle al que lo envía" y espárzalo donde usted sepa que se dará el chisme. Ingredientes: Talco amarillo; rosa (protección); olíbano; veviter (rompimiento de la maldición); madreselva (protección); angélica (rompimiento de la maldición); cardo (rompimiento de la maldición).

- Queme los nombres y arroje las cenizas al viento. Diga, "yo estaba ligado, ahora soy libre".

Evitando la compasión

No hay nada más irritable que cuando alguien lo trata a uno de una manera condescendiente debido a la edad, género, preferencia religiosa, educación, raza, etc. Trate este hechizo para ganar un trato igualitario.

Utensilios: 4 velas blancas; 1 cebolla; un marcador negro; 1 mortero con su machacador; 1 pizca de albahaca; ¼ cucharada de azúcar morena.

Instrucciones: En la Luna llena, encienda las cuatro velas blancas, pidiéndole asistencia al espíritu y a sus ancestros.

Pele la cebolla hasta encontrar el corazón. Visualice que la discriminación en contra suya se está alejando a medida que pela la cebolla. Guarde las cáscaras de la cebolla. Bajo la Luna llena, entierre los pedazos de cebolla, pero no las cáscaras. Escriba el nombre del individuo en las cáscaras con el marcador negro. Con el mortero y el machacador, triture las cáscaras de cebolla, la albahaca, y el azúcar hasta que tenga una mezcla muy fina. Sostenga sus manos sobre la mezcla y diga:

Tu piensas que eres inteligente;
piensas que eres astuto;
¡Pero este polvo mágico
te hará detener!

Esparza su polvo mágico donde usted esté seguro que ellos caminarán. Si sufre de un caso molesto de discriminación, adicione pimienta roja a la mezcla. (5)

---

(5) Para información adicional sobre polvos mágicos, ver mi libro *To Light a Sacred Flame* (St Paul, MN: Llewellyn, 1999), publicado sólo en el idioma Inglés por ésta editorial.

Fastidiosos en Internet

Aunque el internet es útil para investigar, para la publicidad y para la comunicación en general, he descubierto que la red se presta para que algunas personas brinden lo peor de si mismas, especialmente aquellas con bajo auto estima debido al anonimato y libertad de la red. También he descubierto que no todo el que puede digitar puede escribir. Muchas veces se puede pensar que las afirmaciones que el usuario de internet hace son inocuas, aunque son totalmente contrarias a lo que el escritor quería decir. También existen aquellos que plagian. Debido a que los humanos tenemos el hábito de creer en lo que vemos, olvidamos que la gente hace tales canalladas.

La primera regla cuando ocurre una disputa, es simplemente no comprometerse. ¿Quienes son ellos, sino palabras en la pantalla? Yo se que esto lo afecta, pero en unos pocos días (eso espero) lo olvidará. Si la misiva realmente lo ha molestado hasta el punto que no puede dormir (que la Diosa no lo quiera), entonces trate el siguiente hechizo.

Utensilios: Una copia del e-mail, de la conversación, o la dirección en Internet.

Instrucciones: Doble el papel en forma de barco. ¡Sea creativo! Si puede ir a un estanque o arroyo (o al océano), sería maravilloso. Si no, entonces llene su lavamanos o bañera. Eche su pequeño bote a la deriva y diga:

Sacudir de la tempestad y cólera de Neptuno,
yo devuelvo la energía negativa.
A la deriva en las palabras del mar,
tu te hundes a partir del látigo mortal de Neptuno.
Desde el ciber espacio hasta el casillero de David,
tus palabras se vuelven una sombra oculta.
Ahora ellas se deslizan a tu alrededor,
sobre tu cubierta y a lo largo de tu arco.
Desde babor hasta estribor ellas aprietan el poder.
Alas, alack... ¡tu hundiste tu barco!

Hunda el barco. Muy pronto ellos no lo molestarán más. Por supuesto, esto solo funciona si usted no empezó la disputa.

Pesadillas

Todos tenemos pesadillas de vez en cuando, pero si ellas se vuelven una plaga para usted, puede ser extremadamente frustrante. Cuando su sueño es perturbado por imágenes asustadizas de una manera regular, usted debería buscar ayuda profesional ya que esto significa que está reprimiendo constantemente un asunto o evento en su pasado (o presente) y su subconsciente ya ha sido saturado. Para la pesadilla ocasional, localice la siguiente mezcla bendita en un cuadrado de tela blanca, verde, azul, o púrpura. Átela y colóquela bajo su almohada y disfrute de sueños placenteros.

Mezcla del sueño bendito

Utensilios: Mezcle partes iguales de lavándula (sueño bendito), verbena (encantamiento), pimienta inglesa (mejora la concentración y los hábitos de estudio), pino (paz de la mente y fortaleza), cáscara de naranja (limpieza), y manzanilla (sueño fácil).

Otras ideas para un sueño descansado:

• Coloque ajo cortado bajo la cama para ahuyentar los malos sueños.

• Dele el poder a un animal disecado para que sea un niño que actúe como un guardián contra las pesadillas.

• Cuelgue sobre su cama un atrapador de sueños al que usted le ha dado poder, o un símbolo de la hoz.

• Cosa una colcha para un niño, utilizando hilo y aguja como magia protectora. Haga bolsillos que puedan guardar hierbas y que se puedan descoser.

• Adicione una rociada de angélica a todos enjuagues de lavado de las ropas de dormir y sábanas para exorcizar cualquier negatividad. Esto es especialmente bueno para el enfermo.

• Coloque una amatista en la mesa de noche. La amatista es bien conocida por lavar la negatividad.

• Mezcle café granulado y canela con un mortero y machacador. Queme con carbón para fumigar el cuarto.

Locura médica

¿Ha tenido épocas donde va constantemente al doctor o lleva a miembros de la familia a visitas médicas? Cuando su ceunta bancaria se ve afectada, puede intentar este hechizo.

Utensilios: Fotos de sus familiares que han estado afectados (y de aquellos que no); una bolsita plástica lo suficientemente grande para guardar las fotos; tomillo (buena salud); pimienta negra; 2 espejos de mano pequeños que puede comprar en una tienda o droguería.

Instrucciones: Coloque las fotos en la bolsa. Rocíe con tomillo, pidiéndole al espíritu que envíe bendiciones y buena salud a su familia. Ponga la bolsa en su altar o en un lugar que no será molestado. Rodéela con un círculo de pimienta negra (para hacer que los enemigos —en este caso, la enfermedad— desaparezcan). Coloque el espejo dándole la cara a la calle, desde su puerta principal. Haga lo mismo para la puerta de atrás. Visualice todo el mal devolviéndose antes de entrar a su casa.

Atrapamoscas fanático

Engañosamente simple. Aterrorisantemente poderoso. Este hechizo funciona maravillosamente para atrapar a alguien que está tratando de hacerle daño.

Los espirales dobles y sencillos figuran de manera prominente en la Europa neolítica. Los espirales oculi (de doble torsión que se parece a un par de ojos), se encuentran en lugares como Newgrange en Irlanda, conectados con la filosofía de la muerte y el renacimiento (el ciclo sagrado de todo lo que está ligado con la vida). El espiral que va en contra de las manecillas del reloj, el cual se usa en este hechizo, apareció en las culturas del Eufrates hace unos 2000 años a de C. En Egipto, este significaba "el país al cual retorna uno", que quiere decir que al usar el espiral que va en contra de las manecillas del reloj en la magia, usted está enviando algo de vuelta al lugar de origen. Los espirales que van en dirección de las manecillas del reloj y los que van en contra de la dirección de las manecillas del reloj, representan movimiento.

Utensilios: Un pedazo de papel que se ajuste a la boca de la jarra y con espacio para doblar; una pequeña jarra de vidrio; un marcador negro; 7 clavos; ½ onza de pegante en gel; 1 banda de goma fuerte.

Instrucciones: Coloque el papel en la boca de la jarra. Doble las esquinas hacia abajo para hacer una impresión circular de la boca de la jarra sobre el papel. Utilice esta impresión para dibujar un espiral sagrado que empiece desde afuera y se ensortije hasta el centro del círculo. Deje que se seque. En un pequeño trozo de papel, escriba el nombre del fanático. Si usted no sabe el nombre, escriba, "la persona que me está enviando correspondencia negativa (o lo que sea)". Coloque los clavos y el papel en la jarra. Agite tres veces. Remueva el papel y salpique pegante sobre los clavos. Cubra la jarra con el papel, alineando su espiral sagrado de manera que esté directamente sobre la boca de la jarra. Cubra con la banda de caucho. Dele siete golpecitos a la jarra. Luego diga:

Siempre ondeando, siempre enrollando,
atrapado en el centro.
Siempre moviéndose, siempre haciendo círculos
empujado hacia el centro.
Siempre trenzándose, siempre bailando,
arrastrado hacia el centro.
Tu no puedes lastimarme,
no puedes verme,
¡pégate dentro de esta jarra!

Trace el espiral con su dedo desde afuera hacia adentro, visualizando al individuo que lo está molestando, siendo atrapado y dragado dentro de la jarra. Cuando haya finalizado, dele nueve golpecitos a la jarra, repitiendo el nombre del individuo o una descripción de la negatividad con cada golpe. A medida que el pegante se hace duro, la negatividad de ellos se les pegará como el pegante, ¡manteniéndolos muy ocupados como para que lo molesten a usted!

Captando la luminosidad

No todos podemos ganar al mismo tiempo, y muchas veces perderá en su vida. Usted solo tiene que aprender a vivir con eso —eso es parte del aprendizaje de como madurar, crecer fuerte, y manteniéndose trabajando hacia la captura de sus sueños—. Sin embargo, cuando usted falla debido a acciones inescrupulosas y errores de los demás, es cuando es afectado en forma negativa. ¡Lo que es justo, es justo! Este hechizo es para devolverle la luminosidad que usted bien se merece, utilizando la energía del planeta Urano, el gran cambiador.

Precaución: Si usted ha sido falaz o inmoral en sus propios asuntos, ¡este hechizo también le devolverá sus propias acciones!

Utensilios: Un marcador mágico negro; un bombillo nuevo; un bombillo fundido; una bolsa pequeña de papel café.

Instrucciones: Este hechizo tiene dos partes. Primero, escriba su nombre con el marcador en el bombillo nuevo. Bajo su nombre escriba la palabra "éxito". Enrosque el bombillo en un portalámparas que esté a mano. Sostenga sus manos sobre el bombillo y diga:

La energía alimenta mi éxito.
¡Mi trabajo será el mejor!

Relájese. Cierre los ojos y repita el canto muchas veces hasta que llegue a un estado alterado y liviano. Cuando haya finalizado, abra sus ojos, tome una respiración profunda y aplauda. Deje la luz prendida hasta que vea evidencia de su éxito, entonces, utilice la luz como lo haría normalmente.

Ahora, en el bombillo fundido, escriba el nombre(s) del individuo(s) que le robaron su rayo. En la bolsa de papel café, dibuje el símbolo de Urano (♅) veintiún veces, visualizando al individuo siendo capturado en su propia decepción. Diga:

¡Tu propia decepción encontrarás
en el momento que yo rompa esto en la calle!

Lleve la bolsa afuera (lleve puestos zapatos fuertes y resistentes). Déjela caer en medio de la calle. Párese sobre ella. Entierre la bolsa fuera de su propiedad.

Para mejorar este hechizo:

- Empolve los puntos de su pulso con canela para alejar los celos y la envidia.

- Continúe trabajando en un comportamiento positivo (sea honesto, por favor).

- Cargue una bolsa para dijes que incluya cincoenrama, canela, y angélica. Estas hierbas motivan la verdad, la prosperidad, y la protección.

Los que llaman a la media noche

Con la tecnología moderna, usted puede bloquear sus llamadas telefónicas, Pero, ¿qué pasa si alguien lo atormenta por el teléfono y no puede bloquear su número o no puede identificar quien lo llama? **Nota:** Si usted está siendo acosado por llamadas telefónicas amenazantes, mantenga registros exactos, grábelas si puede, y notifíquele a la policía y a la compañía de teléfonos.

Utensilios: Una cuerda roja, blanca y negra, un cordón de zapato, una cinta, vinagre.

Instrucciones: Trence la cuerda. Sumerja las puntas en vinagre. Deje que se sequen. Amárrela alrededor del cable del teléfono (si tiene un teléfono inalámbrico, utilice una cuerda más larga y amárrela alrededor de la base del teléfono). Diga:

> **A la cuenta de uno, este hechizo comienza**
> *(haga un nudo en la punta colgante de su trenza).*
> **A la cuenta de dos,** *(nombre de la persona)*

no puede pasar. *(Haga un nudo por encima del primero. Si no sabe el nombre de la persona, solo diga,
"la persona que me está molestando")*.

A la cuenta de tres, yo soy libre.
(Haga un nudo por encima del último).
A la cuenta de cuatro, ¡tu ya no me
puedes molestar más!
(Haga un nudo por encima del último).
A la cuenta de cinco, este hechizo toma vida.
(Haga un nudo por encima del último).
A la cuenta de seis, se fija el hechizo.
(Haga un nudo por encima del último).
A la cuenta de siete, ésta es mi palabra.
(Haga un nudo por encima del último).
A la cuenta de ocho, ¡yo sello tu destino!
(Haga un nudo por encima del último).
A la cuenta de nueve, ¡amarro tu boca!
(Haga un nudo por encima del último).

Mentiroso, mentiroso

No hay nada más humillante que caer en las manos de un mentiroso. Una cosa que si detiene a los mentirosos y los rumores que lo circundan, es la práctica de siempre tratar de decir la verdad. Algunas veces esto no es muy fácil. Para los pequeños rumores, el mero acto de desprenderse de las situaciones puede ayudarlo que si usted estira la boca y lanza fuego por los ojos. Sin embargo, hay veces en las que una situación parece haberse puesto de la peor manera, sin importar que tan honesto haya sido o como haya calculado sus movimientos. Cuando esto pase, trate este hechizo:

Utensilios: Si puede, obtenga ropa interior de la persona que lo está ofendiendo (si eso no es posible, compre una de esas prendas y escriba con marcador negro el nombre de la persona en la horquilla); una botella del ají más picante que pueda encontrar; un poco de cardo y ortiga; cincoenrama (para impulsarlos a decir la verdad); pimienta negra; alcohol para frotar; un fósforo largo; un viejo caldero o parrilla.

Instrucciones: Vierta el ají en la horquilla de la ropa interior. Deje que se seque. Rocíe con las hierbas y la pimienta negra. Rocíe con un poco de alcohol (no mucho). Use un fósforo largo para encender. Queme en un caldero viejo o parrilla. A medida que la ropa interior se quema diga:

(El nombre de la persona), ya he tenido suficiente.
Yo me elevo por encima de ti. Estoy tomando fuerza.
Que las lenguas oscilantes de las llamas te muerdan.
Me rehúso a tomar tu odioso veneno.
Tus mentiras se vuelven una conflagración
llevándote a la degradación.
Tu engaño vuelve hacia atrás tu apretado abrazo.
Y yo estoy libre: ¡por fin la verdad!

Arroje las cenizas fuera de su propiedad.

Separación necesaria: el hechizo de la cinta negra

Un amigo mío una vez me dijo que las personas son como olas del mar. Algunas veces fluyen a tiempo, suave, gentilmente, brindando armonía, dejando atrás solo el regalo del espíritu y la prístina arena. Otras veces llegan golpeando su vida, arrasando y destruyendo. Cuando ellas se van, dejan atrás malos resagos que se adhieren a la pequeña playa que es su vida. ¡No hay nada peor que tener que limpiar lo que dejan otras personas! Cuando un amigo, miembro de la familia, o compañero de trabajo se va dejando atrás cosas malas (o no se van rápido), ¡entonces el hechizo de la cinta negra es para usted!

Utensilios: 2 velas blancas; una cinta negra; un par de tijeras.

Instrucciones: Encienda las velas blancas. Nombre una como usted mismo, y otra como la persona que le está causando problemas (o ha dejado atrás energías desafortunadas). Amarre la cinta negra a ambas velas, y luego sepárelas tanto como sea posible. Invoque a Brigid (Diosa céltica de las aguas y fuego curativos) para que le brinde curación a ambas partes y purgue la negatividad de su cuerpo, mente y espíritu. Pida que el individuo sea separado de usted, que todas las energías y las emociones ligadas se rompan, y que esto suceda de manera inmediata. Corte la cinta calmada y solemnemente. Permita que las velas se quemen completamente. Arroje lejos cualquier cera sobrante y la cinta. Usted puede utilizar este procedimiento para un miembro de la familia, compañero de trabajo, u otra persona que sea abusiva.

Te lo mereces

Desde las colinas del Oeste de Virginia hasta Louisiana, la inclusión de la tierra de cementerio en numerosos hechizos para ahuyentar la negatividad y darle a alguien su merecido, siempre ha encabezado la lista de ingredientes de "los preferido que funcionan". Este hechizo es para devolverle la negatividad creada por un grupo (o unos pocos seleccionados) que desea destruirlo a usted o a su reputación. Primero, necesitará el nombre de un ancestro querido o de alguien que haya fallecido y que se haya preocupado mucho por usted. Luego, una vez haya hecho esta elección, puede adentrarse con el hechizo. Le advierto que este hechizo es un poco más complicado que los otros.

> **Utensilios:** 1 caldero lleno de arena fresca; 1 lima por cada persona involucrada; un marcador negro; vinagre; los siguientes ingredientes convertidos juntos en un polvo fino: hierba mora de jardín, ajo, granos de café seco, pimienta roja, pimienta negra, y ortiga; una vela negra sumergida en miel y enrollada en telaraña y en tierra de cementerio.

Instrucciones: Haga un círculo de protección. Con su dedo dibuje un pentáculo en la arena dentro del caldero. Escriba el nombre de cada persona sobre una lima. (Pegue una lima extra para aquellos que están ayudando, pero que usted no sabe quienes son). Haga un hueco en la parte superior de cada lima, con cuidado de no dañar los nombres. Coloque una gota de vinagre en cada lima. Llene el hueco de la lima con su mezcla de hierbas. Coloque las limas en el caldero en forma de círculo o en las puntas del pentáculo.

Apague las luces. Respire con profundidad. Siéntese ante el caldero. Encienda la vela negra y diga:

> **Madre oscura, Diosa de la justicia, ven a mi.**
> **Quiero que estés conmigo.**
> **Escúchame. Ayúdame.**

Respire con profundidad y visualice la Diosa oscura viniendo hacia usted, extendiendo sus manos para ayudarlo. Piense en un ancestro que confía que le ayuda y diga:

Ancestro, *(diga el nombre),*
yo estoy en necesidad de ayuda.
Ven a mi. Quiero que estés conmigo.
Escúchame. Ayúdame.

Respire con profundidad y visualice a la persona que
usted ha llamado para que lo ayude. Sostenga sus manos
sobre cada lima a la vez y diga:

Remueve su poder.
Atrápalos en la red de su propia falacia.
Entiérralos en sus propias mentiras.
Que tu apoyo los aparte.
Que las fallas se cierren a tu alrededor.
Que los complots sean revelados,
y que la justicia sea tu comida.
Que tu coraje te deje.
Que tus palabras les hagan zancadilla.
Que sus deseos injustos se conviertan en nada.
Que ellos sean derrocados por su propia estupidez.
¡Así debe ser!

Permita que la vela se queme completamente. Tire las limas en la propiedad de esas personas, donde trabajan, o donde vayan a estudiar.

Recordatorio: Debe deshacerse de las limas. Si permanecen en su casa o apartamento, las limas actuarán como un imán para las malas intenciones de esas personas. Si no puede colocar las limas cerca de la persona en cuestión, tírelas en la mitad de una carretera cuando la noche esté muriendo: debe alejarlas de usted.

Nota: Si no quiere usar tierra de cementerio real, puede usar la siguiente mezcla como un sustituto: partes iguales de verbasco, ajenjo, pachulí, aliso, mandraque, y talco negro (o lustre negro).

Hechizo de la gran mama Mush'Em

A lo largo de mi carrera como madre de cuatro hijos, he tenido unas pocas instancias en la que los adultos (por cualquier razón), han intentado hacer daño a alguno de mis hijos. Cuando esto pasa, reviso mi cuenta de banco y luego voy a la tienda de velas. Compro cuantas velas negras hayan, y una vela púrpura. Sobre la vela púrpura inscribo el signo astrológico de Saturno (♄).

Utensilios: Cuantas velas negras pueda; 1 vela púrpura.

Instrucciones: Empiezo el hechizo tendiendo un gran pentáculo sobre la mesa y poniendo una vela negra en cada punta. Luego, con todas las velas que tengo, empiezo a llenar las líneas del pentáculo.

A medida que acomodo las velas, pienso en enviar de vuelta la negatividad. Pienso en toda la horrible energía oscura (que yo no creé), anidándose de manera segura en los brazos del individuo(s) que crearon la energía en primer lugar. Luego, le pido a mis ancestros que estén conmigo y que me ayuden en mis momentos de necesidad, y enciendo una vela púrpura como un ofrecimiento a ellos. Utilice este simple canto para que los muertos estén con usted:

Vengan, sean uno.
Conviértanse.
¡Sean uno!

Siga cantando hasta que alcance un estado alterado y de suavidad. Imagínese al muerto desplazándose a su alrededor en un círculo de energía blanca y poderosa a medida que usted canta. Cuando sienta que ellos están presentes, respire con profundidad, abra sus ojos, diga su propósito y encienda las velas negras. Agradézcales a los muertos por ayudarle. Deje que las velas negras (y la púrpura) se quemen completamente.

Para mejorar este hechizo:

• Llévelo a cabo en Luna llena.

• Realícelo cuando la Luna esté en el lado oscuro.

• Llévelo a cabo un sábado.

• Realícelo durante un eclipse de Luna (revise en que signo está la Luna para obtener mayor información sobre la manera como reaccionará su hechizo).

Provocando el caos

De vez en cuando usted necesita es un poco de caos para proporcionar una cortina de humo para ganar algo de tiempo para pensar, o para proteger sus intereses hasta que la persona correcta pueda tomar una buena decisión por usted (tal como un ascenso en el trabajo). La Diosa escogida para este hechizo (una que yo prefiero y que es útil para muchas dificultades), es Sekhmet, la Diosa egipcia de la magia, la guerra, la justicia, los semi–animales, el coraje, los animales salvajes, el fuego, la cacería y la fortaleza física. Su apodo, La poderosa, y su reputación como una oponente despiadada, hacen de ella una excelente elección para este hechizo.

Utensilios: Su estufa (o parrilla del patio); una olla o caldero; agua de manantial; una cuchara de madera; una vela amarilla o dorada.

Instrucciones: Llene la olla con agua de manantial y colóquela en una superficie caliente. Llévela a punto de ebullición. Revuelva lentamente, en el sentido contrario de las manecillas del reloj, con la cuchara de madera. Piense en la situación. A medida que el agua empieza a hervir y aumenta el vapor, visualícelo como un vapor de protección que lo rodea a usted. A medida que revuelve, pídale al espíritu que adicione la cantidad correcta de caos a la mezcla para mantenerlo libre de ser lastimado. Finalmente, invoque a Sekhmet, en toda su gloria, pidiéndole a ella que lo proteja y que hierva a todos sus enemigos en sus propias malas intenciones. Como un ofrecimiento, queme una vela amarilla o dorada en su honor. Llámela con el siguiente canto:

> **Diosa del fuego y madre de la fortaleza,**
> **Sekhmet, ven a mi, ven a mi.**
> **Diosa de la justicia, madre del poder,**
> **Sekhmet, está conmigo, está conmigo.**
> **Diosa de la batalla, madre victoria,**
> **Sekhmet, permanece conmigo, permanece conmigo.**
> **Moledora de corazones, madre de la selva,**
> **Sekhmet, ¡llévales el caos!**

Advertencia: Este hechizo creará el caos, por lo tanto no se deje barrer por el pánico ni piense que no está pasando nada para ayudarlo. Sea paciente. Puede llevar de cinco a siete días para que usted vea los resultados a su favor.

Esto es asumiendo que mientras tanto, usted ha hecho el trabajo requerido y llevado a cabo una magia adicional.

4
Cuando las cosas
se vuelven difíciles

Los hechizos y rituales en este capítulo están diseñados para algunos de esos asuntos complicados o
más desafortunados. Sin embargo, un hechizo no
debería utilizarse en lugar del cuidado médico profesional o de la intervención necesaria de las autoridades apropiadas.

El muñeco mágico

¿Alguna vez ha tenido uno de esos meses (o años) donde parece que esas corporaciones grandes lo han cogido a usted como objetivo? Por supuesto, sabemos que dichas políticas fueron elaboradas por una persona (o un pequeño grupo de personas), y que una simple persona (o un pequeño grupo) las llevan a cabo. Usualmente, usted puede obtener el nombre de por lo menos una de esas personas (pero tenga cuidado, ya que alguien puede estar llevando a cabo su trabajo sin ninguna malicia personal hacia usted). También hay instancias donde la persona con la que usted está tratando es la raíz de sus dificultades y está utilizando el poder de los negocios para hacer su vida miserable.

El uso del muñeco mágico es tan viejo que le da mucho espacio a los académicos para discutir e interpretar. Sabemos que estos muñecos nunca fueron hechos para proporcionar horas de juego en el encantado reino de las creencias de los niños. Los muñecos se diseñan para representar personas reales, o en este caso, una persona ligada con una entidad o una compañía. Con el fin que el muñeco funcione, usted tiene que tener algo que esté en relación con el individuo, o en este caso, con la corporación. Los muñecos pueden usarse de manera efectiva en hechizos de curación o en hechizos como éste, donde la intención no es hacer daño, sino balancear las energías del universo en una petición de un trato justo.

Utensilios: Alfileres rectos; vinagre rojo; ajo machacado; suficientes tiras de papel para escribir la situación y listar los nombres de aquellos que están tratando de frustrarlo; un muñeco (del sexo apropiado); una cuerda negra de 13 pulgadas de largo; el logotipo o nombre de la compañía (el encabezado de una carta o la tarjeta de negocios está bien); hilo negro.

Instrucciones: Sumerja los alfileres en vinagre rojo. Deje que se sequen. Dele la vuelta a los alfileres por encima del ajo machacado. Sobre la ropa del muñeco clave los nombres de todas las personas que usted sepa que están involucradas en su problema. Escriba "desconocido" sobre un pedazo de papel para abarcar a cualquiera que esté involucrado y que usted no sea consciente. Amarre la cuerda en el tobillo derecho del muñeco. Cuélguelo boca abajo como si el muñeco hubiera sido atrapado en una trampa. Cosa con hilo negro la tarjeta de negocios u otra representación del nombre en el pie del muñeco. Diga:

Decepción incubierta, tu estás descubierta,
el balance se ha restaurado, ¡yo no seré ignorado!

Repita el canto hasta que usted pase a un estado alterado, luego aplauda para sellar el hechizo. Cuando la verdad salga a flote, y le hayan pagado totalmente, queme los papeles, arroje los alfileres en una carretera, y bote el muñeco a la basura.

Para mejorar este hechizo:

- Recuerde llevar registros exactos. Esto es tan importante como la magia.

- Rocíe la ropa del muñeco con incienso de justicia.

- Llévelo a cabo un martes, en la hora de Marte, o en Luna llena.

Para llevar a un asesino o abusador de animales a la justicia

Para trabajar con la siguiente Diosa, se requiere una pequeña investigación, así que recurrimos a Willow. Con su prosa incisiva, aprendemos lo siguiente:

La Morrigan, o Morrig para la antigua Irlanda, es una figura desafiante y paradójica, que se mueve desde una belleza no terrenal hasta lo horripilante, desde la utilidad hasta el estorbo. Existe algún desacuerdo entre los académicos en cuanto a la traducción correcta de su nombre: gran reina o reina fantasma. A partir de la experiencia, ambos nombres son aceptados.

En la leyenda ella a menudo es asociada con la batalla, de ahí su designación como reina de la batalla. Mirando más allá de los aspectos viscerales de la guerra, estos primeros conflictos a menudo eran un asunto de soberanía y de auto determinación. Como gran reina, Diosa de la tierra, ella cuida y sostiene a sus personas elegidas.

En una época cuando la mayoría de nosotros no asumimos la responsabilidad del bienestar de nuestra tribu, su territorio, el ganado, la soberanía toma un significado más personal. La vocación de soberanía requiere consciencia, auto control, y un fuerte sentido de responsabilidad personal. Los mismos tratados aplican a la soberanía a un nivel individual.

La soberanía personal necesita un centro fuerte y una consciencia de nuestras fortalezas y debilidades, no para la inflación del ego ni para la obsesión neurótica, sino para la sabiduría del auto conocimiento. El auto conocimiento es una cosa difícil; desde que nacimos nos han dicho repetidamente quién y qué somos. En adición a esto está el inevitable equipaje que cargamos por el camino, y la pregunta ¿quién soy?, lo cual aumenta la complejidad del asunto. Afortunadamente mucho de nuestro ser y de las razones para nuestro comportamiento, descansan dentro de nuestra mente inconsciente. Aquí entra el reino de la reina fantasma. Como la vieja mujer del conocimiento, la Morrig aboga por nuestra búsqueda de la plenitud, desafiando las concepciones que tenemos de nosotros mismos y de nuestro ambiente. A medida que sacamos a la luz los artefactos de nuestras vidas, a medida que nos despeguemos de nuestros comportamientos más onerosos, la Morrig se para al lado del pozo de la vida, pasándonos con la mano, si nos atrevemos a tomarla, la copa de la verdad, la verdad de nosotros mismos (1).

----

(1) Willow Ragan es una escritora y artista en artes visuales con un grado en fotografía. Sus estudios sobre la brujería empiezan en 1978 y han incluido varias tradiciones. Viviendo actualmente en los bosques del valle de Ohio, ella es la editora de *Leaves*, una publicación del templo de Danaan.

Una vez en un pueblo que no podemos decir su nombre, había una gran tienda de mascotas con un aviso brillante y gran cantidad de cosas para comprarle a las mascotas. Por supuesto, ellos también vendían animales para el consumidor que buscaba el amor de algo adorable y abrazador. Todo el mundo pensaba que la nueva tienda era una maravillosa idea, y muchos de nosotros frecuentábamos el lugar para comprar comida y cosas para nuestras mascotas. Al mismo tiempo, una mujer joven y muy atractiva se unió a la Familia del Bosque Negro (mi tradición). La noche de su dedicación ella nos dijo que esa tienda de mascotas no era un lugar tan maravilloso. Cualquier animal que no podían vender en cierto tiempo, ellos lo vendían a organizaciones científicas para propósitos de experimentación. De hecho, ellos estaban haciendo más dinero con este tipo de venta que con todas las demás ventas juntas, por lo tanto su propósito se centró en sus animales (especialmente los cubiertos de mucho pelo). Ella descubrió que la tienda era sólo una fachada. ¿Había algo que mis estudiantes pudieran hacer?

Podemos agradecerle a David Norris por las palabras, y decirle que es una dama muy emprendedora y valiente por sus acciones.

Polvo de la Diosa de la oscuridad

Utensilios: Talco negro; hierba mora seca; ortigas secas; pelo de gato o de perro negro.

Instrucciones: A medida que usted está haciendo el polvo, repita el siguiente encantamiento a la madre Raven (La Morrigan):

A esta hora de nuestra protección
yo te llamo, madre Raven, ¡ven!
Barre con tu escoba de intersección,
yo te llamo, madre Raven, ¡ven!
Tus alas descienden en furia instantánea,
yo te llamo, madre Raven, ¡ven!
Aclara las dudas, asusta el miedo y la preocupación,
yo te llamo, madre Raven, ¡ven!
Envía tu relámpago, rayo y fuego,
yo te llamo, madre Raven, ¡ven!
Deja que estas cosas equivocadas desaparezcan,

yo te llamo, madre Raven, ¡ven!

Que ninguna voz se pueda levantar contra ti,

yo te llamo, madre Raven, ¡ven!

Acaba las mentiras y míranos,

yo te llamo, madre Raven, ¡ven!

No dejes que ninguna mano se vaya contra ti,

yo te llamo, madre Raven, ¡ven!

Deja que tus vientos de verdad sean interminables,

yo te llamo, madre Raven, ¡ven!

Sella tu hechizo de manera que todos podamos escu-
charlo,

yo te llamo, madre Raven, ¡ven!

Suelta tus sabuesos de sangre y espíritu,

yo te llamo, madre Raven, ¡ven!

Y cuando todos estos males sean despreciados,

yo te llamo, madre Raven, ¡ven!

Yo habitaré dentro de tu manto, protegido,

yo te llamo, madre Raven, ¡ven! (2)

---

(2) Derechos reservados © David Norris.

Nuestra amiga visitaba el establecimiento, tomándose su tiempo para ir alrededor de la tienda. Ella esparcía el polvo por todos lados: las repisas, el piso, hasta la caja registradora (¿Cómo hizo eso? ¡Nunca lo sabré!). Cada vez que esparcía el polvo, susurraba, "yo te llamo, madre Raven, ¡ven!" Ella también colocó aceite de protección sobre cuanta jaula de animal pudo. Eso le llevó tres meses. Sin embargo, eventualmente, el propietario de la tienda fue arrestado bajo el cargo de tráfico de drogas, su esposa lo dejó, y la tienda fue vendida para que fuera administrada de mejor manera.

Para mejorar este hechizo:

• Llévelo a cabo una tarde de sábado a eso de las 3:00 p.m. ó 1:00 a.m. del domingo.

• Realícelo cuando la Luna esté en su lado oscuro.

• Si usted puede, obtenga el cabello del animal que ha recibido el abuso para adicionarlo a su trabajo del hechizo. Pídale al espíritu del animal que lo ayude.

Acabe con aquellos que se ponen en su contra

Si un grupo de personas se ha unido para buscar su destrucción, usted necesita separarlos para remover la energía de la unión.

Utensilios: Cincoenrama; mostaza; lista de todas las personas que usted sepa que están trabajando en contra suya.

Instrucciones: Sobre un pedazo grande de papel, en el lugar que usted desee, escriba los primeros nombres como sigue:

Amy Latchaw/sepárese

Amy Latchaw/sepárese

Amy Latchaw/sepárese

Boca abajo, en un área diferente del papel, escriba el siguiente nombre, de la misma manera. Si sólo hay dos personas, escriba el nombre de la persona boca a bajo y debajo del primero. Si hay más, siga girando el papel y colocándolos en cualquier lugar, aunque si son cuatro, puede ponerlos en las cuatro direcciones, todos boca abajo para mostrarlos alejándose el uno del otro. Rocíe con cincoenrama y mostaza para traer la confusión. (**Nota:** Esto sólo funcionará si ellos no han actuado con veracidad).

Los hechizos de papel son el tipo más fácil de emplear, y pueden ser tan efectivos como los de los rituales completos, lo cual los hace verdaderamente engañosos. Muchos individuos creen que unos simples latigazos del lapicero sobre un pedazo de papel, no tine poder (esta es una suposición errónea).

Sostenga el papel en su mano y diga:

> **Cesar, desistir, separar, y romper aparte.**
> **Disolver, dividir, desligar, desunir.**
> **Yo llamo a la tierra para que ligue mi hechizo;**
> **al aire para que haga que éste viaje**
> **bien y a gran velocidad;**
> **al fuego para que destruya y los hale**

> a ellos para que se separen;
> al agua para que suavice mi adolorido corazón.
> ¡Así debe ser!

Dibuje una cruz de brazos iguales en el aire para sellar el hechizo. Mantenga el papel en un lugar seguro hasta que tenga lugar la disolución, luego quémelo.

Si quiere adicionar una acción extra, utilice algún polvo de confusión. Utilice vetiver (para romper maldiciones; antiladrones); lavándula (protección); angélica (limpieza); pimienta negra (ahuyentar el mal); y un cordón de zapato quemado y con nudo. Pulverice o muela hasta obtener un polvo fino. Rocíelo sobre el hechizo de papel anterior o donde usted sepa que caminan aquellos que quieren hacerle daño.

Para mejorar este hechizo:

- Llévelo a cabo un sábado a la hora de Saturno.

- Realícelo en Luna llena o cuando la Luna esté en el lado oscuro.

- Llévelo a cabo un martes a la hora de Marte o Saturno.

- Debido a que los hechizos de papel llevan menos tiempo que las otras técnicas de hechizos, préstele especial atención a la sincronización. Por ejemplo, no lleve a cabo este hechizo (o cualquier hechizo) cuando la Luna esté fuera de curso. Además, si Marte o Saturno son retrógrados, el trabajo puede tomar más tiempo para manifestarse. Sin embargo, un Saturno retrógrado sería bueno para este hechizo, ya que esas energías se prestan bien para agitar a los grupos y organizaciones para que hagan justicia. Para este tipo de información necesitará consultar algún almanaque astrológico que hay en el mercado. Esta clase de almanaques son de gran ayuda en sus prácticas mágicas.

- Amárrelos de una manera tan apretada que no se puedan parar uno junto al otro, resultando en la misma ocurrencia: disipación del grupo.

¡Quiero mis cosas de vuelta!

Usted ha sido dejado sin nada en sus bolsillos. Tal vez su compañero de cuarto se mudó y se llevó la mitad de sus cosas. ¿Qué va a hacer? Si el espíritu saca a alguien de su vida, muy probablemente eso fue lo más correcto que pudo pasarle. Pero eso es difícil de aceptar cuando usted está dolido, especialmente si la persona que lo dejó, también trató de hacerle daño (como desocupar su cuenta del banco, tomar el auto que estaba registrado a su nombre y llevarse sus cosas personales). Aquí la idea no es hacerle daño a nadie, sino recuperar lo que por derecho le pertenece.

La mayoría de nosotros hemos leído el horóscopo de vez en cuando, pero muy pocos nos damos cuenta de las poderosas energías que los planetas representan, no sólo en nuestra carta natal, sino en las ocurrencias diarias que se presentan a medida que ellos danzan a través de los cielos. El viejo adagio —como es arriba, así es abajo— nos deja saber que en la astrología, lo que está en los cielos se refleja en la tierra, y viceversa.

En este hechizo vamos a utilizar dos energías vibrantes, la de Marte y Mercurio. Marte es el la energía activadora de la quinta esencia en los cielos. Este planeta le da el golpe de inicio a cualquiera que venga lo suficientemente cerca para el diálogo, simboliza la acción, la voluntad, la concentración, el coraje, la pasión, la habilidad de dejar a un lado los enemigos, y cuando se necesita, deja salir el instinto de supervivencia. Marte siempre me recuerda un pequeño precoz (usted sabe, el que usted busca en un grupo cuando sucede algo sorprendente).

Mercurio es el gran comunicador, con el beneficio adicional del movimiento veloz del mercurio. Esta energía planetaria representa el principio del intelecto y del pensamiento racional, sin emoción, y objetivo, y es una energía maravillosa para usar cuando usted está preocupado de que su corazón no está siendo honesto con sus mejores intereses. Este planeta también tiene que ver con su forma de hablar, y junto con la runa Asa (ᚨ), le da una ayuda extra para esa aventura de hablar en público, o de hablarse a usted mismo para salir de una situación difícil. Combinar estas energías planetarias de Marte y

Mercurio en un hechizo, brinda una energía extra del poder en unión con una energía transparente y de alta velocidad.

Utensilios: Pimienta cayena; ortigas; talco rojo; un marcador rojo; un tazón de vidrio pequeño; una foto del individuo que tomó sus pertenencias.

Instrucciones: Muela o triture juntos la pimienta, las ortigas y el talco. Con el marcador rojo, dibuje el símbolo astrológico de Marte (♂) sobre el tazón. Al lado de éste dibuje el símbolo de Mercurio (☿). Coloque la foto dentro del tazón y luego cubra con la mezcla de hierbas. Diga:

> **Comezón de conciencia,**
> **arañazo de conciencia;**
> **Tu no encontrarás alivio**
> **hasta que mis cosas vuelvan conmigo.**

Siga repitiendo el hechizo, luego liste exactamente lo que le fue robado o lo que no le han pagado. Si usted no tiene sus cosas de vuelta en treinta días, haga el hechizo otra vez. Si no es dinero lo que se le perdió, puede quemar una vela de arrayán, pidiéndole al espíritu que la prosperidad entre a su casa, especialmente en un día festivo donde su familia carga una gran cantidad de dinero.

Para mejorar este hechizo:

• Llévelo a cabo un martes en la hora de Mercurio.

• Realícelo un miércoles a la hora de Marte.

• Adicione una vela roja (para la acción) inscrita con los símbolos de Mercurio y Marte.

• Utilice al Dios Mercurio como su arquetipo.

Su corazón frío y negro

Algunas veces hay personas en este mundo que, por alguna razón, son claramente maliciosas. Usted podría analizarlas desde el Samhain hasta el solsticio de verano y no le va a hacer ningún bien. Para detenerlas en sus patrañas, y devolver la energía, trate este hechizo.

En varios sistemas mágicos a través del mundo encontramos todas las formas de magia de las plumas. En Egipto, la pluma se utilizaba como una representación de Maat, la madre de la justicia, cuyo nombre significaba "verdad". Las plumas también son un símbolo del elemento aire, el cual emplearemos aquí. Se decía que Maat no juzgaba por si misma, pero que era suprema sobre la consciencia humana, haciendo de ella una parte de la fuerza de motivación de uno cuando buscamos hacer actos morales. En el momento de la muerte, el corazón se colocaría a un lado la balanza, y la pluma de Maat al otro lado. De esta manera, las accio-

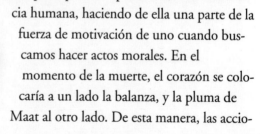

nes de uno se convertían en la entrada a los campos Elisianos si la balanza estaba en equilibrio. Si la balanza no estaba en equilibrio, entonces usted era considerado poco valioso y subsiguientemente era consumido por Ammit.

Utensilios: Papel negro; 13 plumas negras; pegante; una cosa pequeña que pertenezca a la persona principal (un clip de su mesa, o cabello de una peinilla, o un recibo firmado de una tarjeta de crédito, etc.).

Instrucciones: Corte un corazón a partir del papel negro. Circúndelo con las plumas negras, y luego péguelas. Pegue el objeto perteneciente a la persona en la parte de atrás del corazón. Pídale a Maat que le de peso al corazón y que lo proteja a usted de las acciones y energías negativas. Ocúltelo en un lugar seguro hasta que ya no sea más un objetivo de otros. Manténgalo si piensa que ellos pueden estar molestándolo otra vez. Destrúyalo con fuego si piensa que ellos ya se han ido lejos o se han detenido para bien.

Una nota de precaución: Llame a Maat sólo si usted es positivo y su consciencia está clara, y que usted no ha causado sus propias dificultades.

Librándose de un amante celoso

Al comienzo usted pensaba que ellos eran regalos del cielo. Ya que el amor no ha retornado a las cosas que lo tenían ligado, puede intentar este hechizo.

Utensilios: Una vela blanca; una vela negra; su cabello y cabello de el o ella; un par de palillos chinos; una cinta negra delgada de 13 pulgadas de largo; un caldero u olla llena con arena.

Instrucciones: Coloque las dos velas juntas en una mesa o altar. Asegúrese que ellas se están tocando entre sí. La vela blanca lo representa a usted, la vela negra representa a la otra persona. Encienda ambas velas, visualizándose primero a usted mismo a medida que enciende la vela blanca, y luego visualizando a la otra persona a medida que enciende la vela negra. Tome su cabello y el de la otra persona y envuélvalos alrededor de los palillos chinos. Serpentee la cinta negra alrededor del cabello y de los palillos. No la amarre. Respire profundamente y visualice a la otra persona caminando (o corriendo, si lo prefiere) lejos de usted a medida que mueve las velas por lo menos tres pulgadas la una de la otra. Luego, cuando sienta que tiene la imagen segura en su mente, queme los palillos en el caldero. Separe de nuevo las velas. Deje que las velas se quemen completamente. Deshágase de las cosas pero colóquelas en lugares diferentes. Ponga su vela en su patio, la vela de la otra persona fuera de su propiedad, y los pedazos de palillo y la arena en la basura. Este hechizo puede tomar menos de veinticuatro horas (pregúntenle a mi hija), o hasta treinta días para funcionar completamente. Si su amante indeseable no se ha marchado, haga una vez más el hechizo. Algunas veces un amante testarudo se toma su tiempo para desaparecer de su vida.

Para mejorar este hechizo:

- Llévelo a cabo al alba o al atardecer, utilizando velas pequeñas de manera que el ritual no se demore mucho.

- Suplique la ayuda de un Dios o Diosa del mar.

Consejo práctico

La mayoría de las personas que trabajan con la ley indican que si alguien trata de atacarlo o secuestrarlo en un sitio público, usted debería hacer un escándalo. Eso está bien. Dé puntapiés. Grite. Conviértase en un maníaco. Lo más probable es que su secuestrador saldrá corriendo si alguien se da cuenta de lo que está pasando. Las estadísticas indican que si la persona que lo ataca lo lleva a un lugar solo, no sobrevivirá.

Reduciendo el mal

Este es un viejo hechizo Pow-Wow de la Pennsylvania Dutch que lleva aproximadamente treinta días para trabajar, aunque probablemente verá los efectos dentro de las primeras semanas. Su principal objetivo es disipar el mal de cualquier casa, oficina, granja, etc. El Pow-Wow es un sistema mágico que tiene aproximadamente unos 300 años, y es una amalgama de la magia alemana y de la aplicación folklórica de las prácticas de los nativos americanos.

La pimienta negra se hace de las bayas de la planta de pimienta y es considerada uno de los primeros condimentos conocidos (los rescates en Roma eran pagados parcialmente con pimienta). La pimienta negra y la blanca provienen de la misma fuente y ambas se han utilizado durante siglos en una gran variedad de hechizos folklóricos, especialmente en la magia Pow-Wow. El nabo es considerado una planta femenina, asociada con la magia de la Luna y de la tierra, y se emplea principalmente para la protección.

Utensilios: 1 nabo; un cuchillo afilado; una vela de té; el nombre del individuo que le está causando el problema, o la situación, listados en un pedazo de papel; sal marina (limpieza); pimienta negra (causa que se ahuyente el mal); un marcador negro.

Instrucciones: Corte la parte superior del nabo. Haga un hueco en el vegetal con el cuchillo, de manera que la vela de te se ajuste en el nabo. (Eso le llevará unos minutos). A medida que usted está trabajando, concéntrese en sacar el mal de su vida. Bote los pedazos de nabo en una carretera a la media noche (o tan cerca de la media noche como pueda). Coloque el pedazo de papel bien en el fondo del hueco. Cubra el papel con la sal marina y visualice la manifestación de la energía de limpieza. Esparza pimienta negra sobre la parte superior (pensando que el mal sale de su entorno). Coloque la vela sobre la mezcla. Utilice el marcador negro para rodear la parte exterior del nabo con pentáculos.

Sostenga sus manos sobre el nabo. Visualice una luz blanca resplandeciendo, y luego creciendo alrededor del

nabo. Encienda la vela. Piense en una luz blanca que
abraza su ambiente, sin dejar lugar para que el mal se
esconda. Permita que la vela se queme completamente.
Remueva la vela. Dentro de los treinta días siguientes el
nabo empezará a contraerse y a colapsarse. No lo
remueva hasta que su ambiente se sienta libre de toda
negatividad. Cuando se sienta confortable, tire el nabo
en la basura.

Consejo práctico

Que esperar cuando usted llama a los teléfonos de emergencia (si usted está en una situación donde necesita ayuda de los bomberos, la policía, o de un médico, necesita estar preparado para responder algunas preguntas específicas). La operadora necesitará una breve descripción de lo que ha pasado. Ellos necesitan saber dónde y cuándo ocurrió (o está ocurriendo) el incidente. ¿Alguien está herido? ¿Hay armas involucradas? ¿Todavía hay sospechosos en el área? ¿Cuál es la apariencia de la persona o vehículo? ¿Quién es usted (incluyendo su nombre, dirección, teléfono)? Si usted está reportando un crimen o accidente, puede permanecer anónimo, por lo tanto no deje de llamar sólo porque no quiere que su nombre esté involucrado. ¡La vida de alguien puede depender de su acción!

Magia de las velas para casos de la corte

La magia de los casos de corte puede ser complicada. Como una regla, las complicaciones crecen exponencialmente con cada testigo o actor en el drama. Su apoderado espera que usted tenga información detallada y esto lo ayudará en su magia. Para cualquier magia de casos de corte, usted necesitará escribir en un pedazo de papel:

- El nombre de su apoderado.

- El número de radicación del caso.

- El título del caso (por ejemplo, Spot vs. Piewacket).

Usted también debería tratar de obtener las tarjetas de negocios de su apoderado y de cualquier otra persona involucrada en el caso. En otro pedazo de papel, escriba el nombre del individuo que va ir a la corte en su contra, y el nombre del apoderado de él o de ella.

Las energías de Júpiter a menudo se utilizan en asuntos legales, ya que Júpiter es visto como el gran benefactor, que porta energías expansivas. La energía de Júpiter nos permite beneficiarnos de nuestras cualidades y talentos inherentes, y lo más importante, nos ayuda a reconocer las oportunidades a medida que éstas se encuentren disponibles; por lo tanto, este hechizo busca las oportunidades que serán beneficiosas para su caso.

Otras utensilios: 1 vela púrpura; 4 velas azules; un alfiler o clavo; cincoenrama; mostaza en polvo; una vela café para cualquiera que testifique contra usted, o para un caso civil; una vela dorada para usted si está siendo demandado; aceite de rosa; una vela blanca para el juicio (si es un caso de divorcio, la vela debería ser roja).

Instrucciones: Coloque el papel con su nombre, el nombre de su apoderado, el número de radicación de la corte, y el nombre del caso debajo de la vela púrpura. Con el alfiler o clavo, inscriba el signo de Júpiter (♃) sobre las cuatro velas azules. Rodee la vela púrpura con las velas azules. Diga:

> La Diosa reina suprema.
> Ella está vestida con el Sol,
> y la Luna bajo sus pies.

Ella sostiene en sus brazos la fortaleza del universo.

No puede ser destronada.

Es alegría, orden, y esperanza.

Nadie la puede sustituir.

Ella es el comienzo y el final de todas las cosas.

El Dios es mi protector y mi campeón,

y le presta a ella el poder.

El torrente del descontento se ha

levantado contra mí,

amenazando con hundirme.

Las olas son las muchas voces de mis enemigos.

El señor y la dama son más poderosos que las muchas

olas del mar de mis enemigos.

Mi testimonio y el de aquellos que testifican por mí,

será seguro, fuerte, y ganador.

En los nombres del señor y la dama,

¡la victoria debe ser mía!

Aplauda para sellar el hechizo. Esparza cincoenrama y mostaza en polvo sobre el papel con los nombres de aquellos que están en su contra. Coloque los nombres de los que testifican contra usted bajo la vela café.

Unja la vela del juicio con aceite de rosa. Coloque el nombre del juicio debajo de la vela blanca o roja (dependiendo del color que usted eligió). Encienda las velas restantes y diga:

Defiende mi causa, Diosa, frente a
los que luchan contra mi. Pelea contra ellos
que quieren hacerme daño, o contra
los que hablan en mi contra.
Levanten sus espadas y escudos,
señor y dama, y párense a mi favor.
Quita la lanza y detén el camino
en contra de los que me persiguen.
Confunde a los que buscan herirme.
Que se les devuelva el dolor y la confusión.
Deja que ellos sean como paja ante el viento;
y que su Karma les de cacería.
Mi dama, gran Diosa de los ángeles,
envía tus mensajeros a la cacería salvaje,
buscándolos a ellos, haciendo que
sus acciones descansen

en sus propios brazos. Envíalos al hoyo
que ellos mismos han cavado.
Que su destrucción Kármica llegue a ellos
sin que se den cuenta, y que sus palabras
los atrapen en su propia falacia.
Rescátenme, mi señor y dama, de esta adversidad.
No dejen que mis enemigos se regocijen conmigo.
Dejen que ellos sean nublados y
llevados a la confusión;
que se vistan con la vergüenza y el deshonor,
y que estos se magnifiquen contra ellos.
Elévense ahora, señor y dama,
¡y envíen justicia a mi favor!
Así debe ser.

Aplauda para sellar el hechizo. Permita que las velas se
quemen completamente. **Nota:** Si usted tiene una espada
dentro de sus herramientas mágicas, entonces sosténgala
sobre su cabeza mientras repite la última invocación.

Para mejorar este hechizo:

- Las energías de Júpiter son magnificadas por la Luna llena, por lo tanto mejorará ampliamente el éxito de este hechizo si puede llevarlo a cabo bajo esta fase de la Luna. Cuando las energías de Júpiter y la Luna se juntan, la fuerza combinada se considera como el momento de mayor suerte para un trabajo mágico.

- Si está fatigado por las circunstancias, adicione las energías del planeta Venus a su trabajo para poner las emociones a su favor, especialmente si su situación es llevada a los medios de comunicación.

- Para un empujón extra para un caso que avanza muy despacio, adicione las energías de Marte, aunque tenga cuidado de no agrandar el asunto.

Polvo de la asistencia legal

Utensilios: Pilar negro o vela votiva; talco negro; alto John (protección); bajo John (protección); salvia (protección y sabiduría); romero (protección); tabaco de pipa (purificación); mortero y machacador; taladro.

Instrucciones: Un martes (a la hora de Marte, si puede, o cuando Marte tenga buen aspecto), mezcle los ingredientes anteriores hasta obtener un polvo fino utilizando el mortero y el machacador. El día de su caso de corte, esparza algo del polvo en sus zapatos. Mientras esté en la corte, asegúrese que la vela negra esté en casa, quemándose en el lavamanos o en el lavaplatos de la cocina.

Eliminando la mala propaganda

Este hechizo simple proviene del Oeste de Virginia. En los viejos tiempos (y hay algunos de nosotros que podemos recordarlos), no utilizaban bolsas plásticas para sacar la basura. Mamá solía envolver la basura en papel café o en periódicos viejos, luego colocaba el oloroso paquete en la caneca de la basura. Si alguien le ha escrito una carta fastidiosa, o los medios de comunicación están tratando de arruinar su reputación, o algún gracioso simplemente está bailando y haciendo fiestas con su vida, es tiempo de desterrar esa negatividad. Este hechizo se hace mejor cuando la Luna está en su parte oscura.

Utensilios: Su basura (la comida es mejor porque se pudre); papel café con el nombre del individuo escrito en él; papel periódico o la carta ofensiva.

Instrucciones: Vierta la basura en el papel. Envuélvala limpiamente, doblando repetidamente. Cada vez que haga un pliegue diga:

Fantasmas y duendes;
pájaros azules y pechicolorados.

Dejen atrás sus juegos;
sus asquerosas ratas.
Entumezcan sus lenguas;
sean sordos y mudos.
Que su voz falle;
¡ahora giren su cola!

Lleve la basura al basurero.

Para superar la ira en el trabajo

Su carrera es importante. Ésta representa muchas cosas (y algunas que no debería), incluyendo el valor que se tiene a sí mismo, sus percepciones hacia los demás y su seguridad. Usted no se puede desempeñar bien si tiene ira. Trate este hechizo para ayudarlo a mantener la mente clara.

Utensilios: Albahaca; polvo de ají; pimienta negra; angélica; un lapicero mecánico recargable.

Instrucciones: Mezcle todas las hierbas. Tritúrelas o muélalas hasta obtener un polvo fino. Vacíe la tinta del lapicero. Reemplácela por el polvo. Dele poder al lapicero para que lo ayude a superar la ira y llévelo consigo.

Consejo práctico

Está bien estar de mal genio. Nosotros tenemos emociones por una buena razón (principalmente para darnos un
vehículo para liberar el estrés). Han habido ocasiones en
mi vida cuando he estado tan enojada que no trabajaba
la magia porque sabía que si lo hacía, la persona con la
que yo estaba molesta terminaría en la morgue o en un
lugar parecido si yo no me calmaba. Es natural estar
furioso, es parte de la condición humana. A medida que
nos hacemos mayores, (eso espero) maduramos, y las
cosas que nos podían molestar en nuestra adolescencia y
principios de la adultez, ya no nos causan el mismo
impacto. Un grupo mágico en Arizona entrena a sus
estudiantes para esperar siete días antes de trabajar la
magia si una situación los ha hecho balísticos, de manera
que haya tiempo para pensar las cosas. Esta es una regla
muy buena, y yo la he seguido muchas veces. Sin
embargo, eso no quiere decir que se supone que usted

debe ser un iceberg sin sentimiento, ni quiere decir que si usted está en problemas inmediatos no pueda trabajar la magia fuerte y buena. Siga adelante y trabaje su magia (dándose tiempo para pensar de manera racional), y recuerde que su trabajo es desviar la negatividad y pedir justicia, guiado por la energía del espíritu.

Para atrapar un ladrón

Aunque a menudo pensamos que los asesinos y violadores dominan la mayoría de las estadísticas en la creciente ola de comportamiento criminal, es el ladrón vulgar el que tiene los mayores números en la mayoría de las ciudades americanas. ¿Qué mejor que llamar a Hecate, Diosa griega del conocimiento, la riqueza, la magia, la Luna y la noche? Nuestra dama de la noche era considerada la reina de los fantasmas sin descanso, que se creía que emergía cuando se llamaba, "entrelazada con serpientes algo temerosas y hojas de roble, en medio de una llamarada trémula de antorcha; mientras sus sabuesos ladraban chillonamente por todos los alrededores, todos los prados temblaban desde sus raíces, y las ninfas de

los pantanos y ríos lloraban en voz alta" (3). Desafortunadamente, muchos académicos de nuestro tiempo fueron muy
rápidos para atribuirle a esta poderosa Diosa una luz malévola
(muchos como la Morrigan céltica), sólo para reevaluar
recientemente su categoría dentro de las deidades grecorro-
manas, con un poco de más profesionalismo, atribuyéndole a
ella la habilidad de brindarle honores y buena fortuna dentro
de sus seguidores, así como el dominio primario sobre la por-
ción de existencia que los brujos llaman "entre mundos".

Para atrapar un ladrón, utilice este pequeño gran hechizo.

Utensilios: 1 vela negra; una aguja o clavo; miel; telarañas
(reales); un pedazo de papel con una lista de las cosas
robadas.

Instrucciones: Si sabe el nombre del ladrón (absoluta y
positivamente, sin ninguna duda en su mente), entonces
escríbalo en la vela con la aguja o el clavo. Si no está 100
por ciento seguro, por favor no escriba nada. Revista la
vela con miel, luego enrolle telarañas viejas en ella. En

---

(3) Robert Von Rudloff, *Hekate in Ancient Greek Religion* (Horned
Owl Publishing: Victoria, Canada, 1999).

un pedazo de papel escriba lo que fue robado y colóquelo debajo de la vela. Diga lo siguiente:

Hecate, madre de la noche, regidora de la Luna;
barre tus orillas oscuras
sobre aquel que me ha robado.
Vuelve tus ojos que todo lo ven,
tus incandescentes orbes de sabiduría,
para concentrarte sobre el ladrón.
No dejes rastro de oscuridad
ni nada que pueda encubrirlos.
¡Adelante! gran madre
de los cielos estrellados,
¡trae tu justicia!
¡Atrapa al ladrón en la red de su engaño!
Y no lo dejes descansar hasta que mis cosas sean
devueltas
y se haya hecho justicia.
¡Así debe ser!

Permita que la vela se queme completamente. Queme el
papel.

Nota: Usted también puede utilizar este hechizo si alguien le ha quitado el trabajo, le ha impedido injustamente un ascenso, o cambiado a una posición de autoridad que usted se había ganado justamente.

Capturando un criminal

Este es un viejo hechizo folklórico que hemos cambiado un poco. Originalmente, usted iba a clavar la foto del ladrón en un árbol. Desde entonces hemos progresado hasta el entendimiento que los árboles son entidades vivientes y que por lo tanto no merecen el abuso de ser perforados con clavos u otros objetos. Para atrapar un criminal (o alguien que está realizando acciones corruptas o inmorales), intente el siguiente hechizo.

Utensilios: Un martillo; puntillas (puntillas de ataúd, si puede obtenerlas); tierra de cementerio (o la versión sustituta de la página 169); una foto del criminal (si usted no sabe quien es el criminal, entonces liste el crimen(es) en un pedazo de papel).

Instrucciones: Bajo una Luna llena o nueva, lleve afuera el martillo, los clavos, la tierra de cementerio y la foto. Clave la foto en el piso (de tierra). Esparza la tierra de cementerio. Pídale al espíritu que le ayude a las autoridades apropiadas a capturar al criminal. (Si ha ocurrido un asesinato o un crimen violento, el cual haya salido por el periódico, usted puede usar el artículo del periódico si no sabe quien lo hizo). Esparza la tierra de cementerio. Este hechizo toma aproximadamente treinta días en manifestarse. Si el criminal no es capturado en treinta días, renueve la tierra de cementerio, manifestando otra vez su petición. Continúe hasta que el asunto sea resuelto.

Para mejorar este hechizo:

- Llévelo a cabo un sábado a la hora de Saturno.

- Realícelo cuando la Luna esté en el lado oscuro.

- Diseñe un relicario para Hecate para una ayuda continuada cuando se necesita protección del hogar o de la familia.

Consejo práctico

Si usted es víctima de un asalto, trate de permanecer calmado. No muestre señales de ira o confusión. Si el atracador va detrás de su cartera u otros objetos de valor, no ponga resistencia. Haga un esfuerzo consciente por retener una descripción de esa persona. Utilice palabras que se asocien y que le puedan servir para recordar la descripción. Llame inmediatamente a la policía. Ellos le preguntarán su nombre y el lugar donde está. Espérelos. Contacte su agencia local de asistencia a víctimas. Usted no es débil si busca ayuda.

Otras ideas inventivas para atrapar criminales

- Use una trampa de ratón. Hale el resorte de la trampa de manera que la foto del criminal quede atrapada, pidiendo que las autoridades descubran el camino apropiado para atraparlo.

- Coloque el nombre del criminal o una descripción detallada del delito en una caja. Con marcador negro escriba la palabra "cárcel" en la parte de afuera de la caja.

- Cargue una vela negra con hierba mora cortada. Talle el signo astrológico de Saturno (♄), para constricción. Pinte con una sustancia pegajosa, tal como miel. Dele poder a la vela para que brinde energías para atrapar al ladrón.

- Utilice papel de ratón o de mosca. Escriba el nombre del crimen o del criminal en la parte de atrás del papel. Cree una efigie del criminal con palillos para los dientes y péguela al papel.

Consejo práctico

¿Existen tales cosas como los crímenes influenciados por la Luna? Los oficiales de policía piensan que si. Así como la Luna afecta las mareas de nuestros océanos y manipula el comportamiento de nuestro clima, así lo hace ella con las emociones humanas. Recuerde, la Luna representa la receptividad, y cuando está llena, ella está en toda su gloria. No es un chiste el hecho que a través de la historia de la humanidad, muchos hechizos se llevaban a cabo en Luna llena. ¿Por qué? Los antiguos conocían las poderosas fuerzas que se podían manifestar si se combinaban y se canalizaban de una manera útil. Los magos aprenden a capturar la fuerza de sus propios censores emocionales elevados bajo la influencia de la Luna, y a utilizar ese poder para efectuar el cambio. Los trabajos bajo la Luna llena cargarán más influencia que los que se hagan en cualquier otro momento del mes. Los expertos también han notado un ligero incremento en el comportamiento criminal los tres días anteriores a la Luna nueva (4).

Incienso de protección de triple acción (5)

Este es para esos casos realmente nefarios. Este incienso tiene un olor poderoso, de manera que asegure que su cuarto quede bien fumigado. Se hace mejor en Luna llena.

Utensilios: Mortero y machacador; 1 cucharada de resina de copal; ½ cucharada de resina de olíbano; una cucharadita de resina de mirra; 3 pizcas de resina de sangre de dragón; 9 gotas de aceite de ruda; ½ cucharadita de verbena cortada; ¼ de cucharadita de cincoenrama cortada.

Instrucciones: Con el mortero y el machacador, triture finamente las resinas de copal, olíbano, mirra, y sangre de dragón. Adicione el aceite de ruda y mezcle bien. Añada la verbena y la cincoenrama. Mezcle. Almacene en una jarra o bolsa plástica. Adicione carbón para quemar.

---

(4) Lori Reid, *Moon Magic* (New York: Crown Publishers, Inc., 1998), p.34.

(5) Hecho por Morgana de Morgana's Chamber.

Fantasma osado

Existen momentos en los que se requiere un ritual completo, más que un hechizo. Este ritual particular se usa para llevar a la justicia a los criminales, abusadores y estafadores. Las Diosas para elegir serían Kore (primero griega), Hecate (griega), la Morrigan (céltica), Sekhmet (egipcia), o Kali. Kali es asociada con varias energías, incluyendo las ceremonias, la curación, el tiempo, la muerte, el coraje, la suerte, la educación, el conocimiento y la guerra. Ella es vista como un ser primordial, y como tal, es increíblemente poderosa: una madre guardiana para aquellos que buscan su ayuda. Ella es una Diosa hindú y el símbolo del tiempo eterno. Ella da la vida y la destruye. Algunas veces es retratada con la cabeza de un chacal. Aunque se ha hecho mucho alboroto con respecto a sus aspectos de destrucción, ella también mitiga los temores y proporciona una muerte natural a las situaciones que se han salido de las manos. La gran madre de los hindúes, ella es la triple Diosa de la creación, la preservación y la destrucción. Muy pocos académicos orientales entendieron la profunda filosofía de la creencia hindú en Kali, viéndola representada como un demonio que odiaba a los hombres y se molestaba con ellos, y así le han hecho un gran perjuicio a lo largo de los años, utilizando interpretaciones inexactas. Es a partir de esta Diosa, no de los Cristianos que algunas veces lo reclaman, que nosotros tenemos la palabra creativa. Kali me recuerda una dura madre del Sur (como la mía) que podía decir, "yo te traje a este mundo, ¡y puedo sacarte de él!" Kali es lo que su nombre quiere decir: Convertirse.

Utensilios: 2 Velas negras; salvia; 4 velas blancas (las votivas servirán); foto de la persona; 3 cirios (blanco, rojo, y negro —esos son los colores de Kali, conocida como Guanas: blanco para la virgen, rojo para la madre, y negro para la vieja arrugada—); el nombre de la persona escrito en un pedazo de pergamino y con tinta de sangre de dragón (para hacer la tinta de sangre de dragón, mezcle una parte de sangre de dragón, 15 partes de alcohol, y una parte de goma arábica).

Organización: Coloque las dos velas sobre el altar. Queme
salvia en el cuarto, o utilice incienso de protección de triple acción. (Si practica la magia, desarrolle su propia organización del altar y el rito de su congregación). Coloque
las cuatro velas votivas en los cuartos (Norte, Este, Sur, y
Oeste) alrededor del lugar donde llevará a cabo el ritual.
Ponga la foto de la persona, su nombre, o la descripción
de la situación en el centro del altar o mesa. Inscriba el
signo de Saturno (♄), el signo de Marte (♂), y el de Mercurio (☿) sobre los tres cirios (rojo, blanco, y negro).
Coloque estos cirios en la parte superior de la foto, nombre o asunto. Encienda las velas si todavía no lo ha hecho.

Elaboración del círculo: Haga su círculo mágico caminando tres veces en dirección de las manecillas del reloj
(deosil) alrededor del cuarto, diciendo:

> **Yo te conjuro, oh gran círculo de protección,**
> **de manera que tu serás para mi un límite**
> **entre el mundo de los humanos**
> **y los reinos de los espíritus poderosos.**
> **Un lugar de perfecto amor, confianza, paz, y alegría.**
> **Aquí elevaré un caldero de energías protectoras**

que contienen el poder.
Invoco los guardianes del Este, del Sur,
del Oeste, y del Norte
para que me ayuden en la consagración.
En los nombres del señor y la dama,
así te conjuro,
¡o gran círculo de protección!

Cuando haya finalizado, una sus pies y diga:

Este círculo está sellado.

Llamando los cuartos: Vaya a cada cuarto, empezando en
el Norte y diga:

Saludos, guardianes del Norte *(Este, Sur, Oeste)*.
Yo *(diga su nombre)*
invoco al elemento tierra *(aire, fuego, agua)*,
remuevo mis muertos ancestrales
y llamo al espíritu *(o puede insertar el nombre de un
Dios o Diosa que se ajuste a cada cuarto)*.
Para que sean testigos de este rito
y protejan este sagrado lugar.
¡Saludos y bienvenidos!

A medida que usted se mueva a cada cuarto, encienda la vela correspondiente.

Cuerpo del ritual: Dé un paso adelante y tome la primera de las velas inscritas y apagadas. Sostenga fuertemente esta vela en sus manos. Visualice al ser perpetrador siendo capturado por sus crímenes. Sostenga la vela hasta que sus dedos empiecen a temblar por la presión. Respire con profundidad y encienda la vela. Luego, lentamente, empiece a caminar por el círculo, pidiendo justicia y protección de cada cuarto. Hable con sus propias palabras, entre más apasionadas mejor. Cuando haya hecho una pasada alrededor del círculo, regrese al altar, repitiendo el proceso con las otras dos velas inscritas, una a la vez. Con la última vela, vaya hasta el centro. Sostenga la vela tan alto como pueda y diga:

Poderosa Kali, ¡madre terrible!
Diosa de la creación, la preservación,
y la destrucción.
Madre oscura, ¡escúchame! ¡Yo pido justicia!

Luego explíquele a la Diosa exactamente lo que necesita.
Camine otra vez por el círculo diciendo:

Yo conjuro un fantasma

para que esté fuera de este círculo.

Yo conjuro un fantasma

para que te traiga justicia a ti.

Yo conjuro un fantasma

para que se aparezca en todos tus movimientos

y te mantenga alejado de dañar a otras pobres almas.

Yo conjuro un fantasma

para que arruine todos tus planes.

Yo conjuro un fantasma

para que busque a través de la tierra.

Yo conjuro un fantasma con dientes y alas y fuego.

Yo conjuro un fantasma

¡para que haga todo como lo deseo!

Yo conjuro un fantasma

para que derrote tu mal.

Yo conjuro un fantasma

para que se mueva sin un sonido.
Yo conjuro un fantasma
para que apague tu odio y tus pecados.
Yo conjuro un fantasma
¡para que atraiga la justicia!

Siga caminando por el círculo, diciendo:

Quédate afuera ahora
con mi fantasma de la justicia.
Encuentra a *(nombre de la persona)*
y ¡tráele su karma para que lo soporte!
Retorna al éter cuando tu trabajo sea hecho.

Levante sus manos en el aire y visualice los fantasmas levantándose por fuera del círculo y volando rápidamente a cumplir su deber. Espere que las cosas se choquen afuera (eso sucede), pero usted está seguro dentro del círculo. Agradézcale a Kali por su ayuda. Cierre el círculo disolviendo los cuartos (en sentido contrario de las manecillas del reloj). Tome el círculo en sus manos, una vez alrededor, en el sentido contrario de las manecillas del reloj. Patee sus dos pies y diga:

**¡El círculo está abierto,
pero nunca roto!**

Permita que las velas se quemen completamente.

Para mejorar este hechizo:

- Llévelo a cabo cerca del océano, visto como una representación del gran abismo a partir del cual Kali le dio vida a la raza humana (la profundidad primordial).

- Adicione conchas marinas, arena y otras representaciones del mar a su altar.

Cuando la situación es difícil: el rito de Tesmoforia

Tesmoforia es el nombre de la antigua ceremonia de honor que se concentra en la ley y en la justicia en el nombre de la Diosa griega Demeter. Usted necesitará un athame (cuchillo o daga mágico) para este ritual.

Utensilios: Mortero y machacador; pimienta inglesa (curación); lirio de Florencia (protección); pachulí (codicia); canela (poder); sándalo (deseos); clavo (exorcismo); una vela pilar negra; el nombre de la persona o situación escrito en un pedazo de papel, o una fotografía; un tazón de miel; un tazón de leche; 2 cirios; 4 velas votivas cafés ungidas con aceite de protección; un cuadro de una Diosa amada (nosotros estamos utilizando a Demeter para este caso, pero usted podría elegir una Diosa diferente si lo desea); athame.

Organización: Mezcle la pimienta inglesa, el lirio de Florencia, el pachulí, la canela, el sándalo y el clavo con el mortero y el machacador hasta obtener un polvo fino.

Cargue un poco del polvo dentro del fondo de la vela pilar negra. Guarde el resto y déjelo a un lado. Coloque el papel o el cuadro en el centro de su altar. Ponga la vela pilar negra en la parte superior. Coloque la leche a la derecha y la miel a la izquierda de la vela pilar negra. Complete la organización del altar utilizando los cirios cafés como veladoras. (Las personas mágicas pueden utilizar su organización y su devoción familiar del altar). Limpie y consagre el altar. Coloque las velas de los cuartos en las puntas límites de su círculo (Norte, Este, Sur, y Oeste).

Elaboración del círculo: Camine por el círculo una vez en sentido de las manecillas del reloj y diga:

A mi alrededor y cerca de mi,
por encima y por debajo de mi;
yo conjuro un círculo de protección y de poder.
Norte y Este, Sur y Oeste,
yo le adiciono estas energías a mi encantamiento.
Oh gran círculo de arte, ¡yo te conjuro ahora!
¡Y las legiones esperan mi palabra!
Este círculo está sellado.

Llamada de los cuartos: Vaya a cada cuarto, empezando en el Norte y diga:

> **Saludos, guardianes del Norte** *(Este, Sur, Oeste)*,
> **Yo** *(diga su nombre)*
> **invoco al elemento tierra** *(aire, fuego, agua)*,
> **remuevo mis muertos ancestrales**
> **y llamo al espíritu** *(o puede insertar el nombre de un*
> *Dios o Diosa que se ajuste a cada cuarto)*.
> **Para que sean testigos de este rito y**
> **protejan este sagrado lugar.**
> **¡Saludos y bienvenidos!**

A medida que usted se mueve a cada cuarto, encienda la vela del cuarto respectivo.

Llamando el espíritu: Párese en el centro de su círculo. Ahora invocará a Demeter sosteniendo sus brazos rectos y arriba sobre su cabeza y repitiendo lo siguiente (o las palabras de su elección):

> **Santa madre,**
> **ella la de las muchas caras y los muchos nombres.**

Madre brillante,
ven a mi rito de Tesmoforia.
Gran madre,
la del juego limpio y la justicia igualitaria,
yo te pido tu intersección, y te doy el sacrificio de la
leche y de la miel,
¡y te invoco en este círculo
para que me asistas en mis momentos de necesidad!

El cuerpo del ritual: Diga el propósito de su ritual, luego
sumerja el athame primero en la leche, luego en la miel.
Sostenga su athame sobre la vela y diga:

Reina de la Luna,
reina de las estrellas,
reina de los cuernos,
reina de los fuegos,
reina de la tierra,
bríndame la justicia que busco,
porque es para ti, dama brillante,
la que les da el nacimiento a los niños ocultos (6).

----

(6) Jessie Wicker Bell, *Grimoire of Lady Sheba* (St. Paul, Minn.:
Llewellyn, 1972).

Encienda la vela pilar. Sostenga el athame sobre su cabeza, luego bájelo lentamente hasta la llama y diga:

>Diosa graciosa,
>
>santa y divina,
>
>¡responde a la llamada de nueve!
>
>Uno, yo me paro ante tu trono;
>
>dos, ¡yo te invoco a ti sola!;
>
>tres, yo sostengo mi espada;
>
>cuatro, ¡desciende! ¡el hechizo está hecho!;
>
>cinco, presta tu don para dar la vida;
>
>seis, pon tu fortaleza en mi cuchillo;
>
>siete, sobre la tierra, los mares, y el cielo,
>
>oh graciosa Diosa, ¡permanece conmigo!;
>
>ocho, ven a hora a medida que se hace el llamado;
>
>nueve, ¡pon tu poder en mi espada! (7).

Coloque la hoja del cuchillo sobre la llama de la vela y piense en la justicia que busca. Permita que el poder fluya a través de usted hasta que alcance un estado alterado, luego piense una vez más en la justicia que busca,

----

(7) Ibíd.

tome una respiración profunda, y entierre la hoja del cuchillo en la vela pilar (tenga cuidado de no quemarse usted mismo). Luego diga:

¡Así debe ser ardane!

Remueva la hoja del cuchillo. Agradézcale a la deidad. Cierre los cuartos agradeciéndoles y deseándoles una buena despedida. Tome el círculo en sus manos en la dirección contraria a las de las manecillas del reloj. Coloque esta energía en la vela sosteniendo su mano sobre la llama (no muy cerca) y visualizando el poder del círculo entrando en la vela. Diga:

¡El círculo está abierto, pero nunca roto!

Aplauda o junte sus pies. Limpie la hoja de su athame. Permita que la vela se queme completamente. Ofrézcale la leche y la miel a los animales de su propiedad. Cuando la vela se haya terminado de quemar, rompa los pedazos y espárzalos en una carretera.

Consejo práctico

El abuso sexual es un delito serio que es confuso y a menudo conduce a que la víctima no lo reporte a las autoridades. El abuso, independientemente de quien cometa el acto contra un hombre o una mujer, es un delito sexual muy grave que deja a la víctima lastimada y traumatizada. Las víctimas del abuso sexual, especialmente cuando el abuso es cometido por alguien que ellos conocen, a menudo se sienten como si fuera su error, asumiendo las responsabilidades del ataque. Por lo tanto, el crimen muy a menudo se queda en la impunidad. Para evitar el abuso sexual: si usted no conoce bien a la persona con quien va a salir, conduzca su propio vehículo, o mejor aún, salga en compañía de más amigos. Comunique sus límites de manera firme y clara. Permanezca sobria. Escuche su ser interior. No tenga miedo de hacer una escena si se siente amenazada. Asista a fiestas con amigos en los que usted pueda confiar. Si usted es víctima del abuso sexual, no espere. Contacte a las autoridades inmediatamente. Si usted espera, se puede perder una evidencia valiosa, y la oportunidad de investigar su caso se verá minimizada.

Consejo práctico

Al tratar con la violencia doméstica, no hacer nada no soluciona nada. No permanezca en su casa, vaya a un lugar seguro. Llame a la policía. Si usted está en esa situación, no piense que puede controlarla. Nunca crea el "nunca más te volveré a pegar". ¡Piense en su futuro! Si el golpeado se rehúsa a buscar ayuda, es poco probable que los golpes se acaben. Aún si usted nunca antes ha trabajado, puede convertirse en una persona independiente económicamente. No permanezca cerca de las situaciones malas sólo porque piensa que no tiene un mejor lugar a donde ir. Si lo tiene. Rehusarse a mirar la situación se llama contradicción. Busque ayuda. Un gran porcentaje de mujeres caen en el abuso porque no encuentran ayuda apropiada. A una víctima de la violencia doméstica a menudo el agressor le ha lavado el cerebro durante un periodo largo de tiempo, a veces años. La

víctima necesita ser reprogramada para su salud y su
supervivencia continuada. Yo debería saberlo. Hace vein-
tidós años, fui víctima de este tipo de abuso. Usted
puede dejarlo. Yo lo hice.

Cuando las cosas se vuelven aún más difíciles: El rito de los duendes

Aunque este rito funciona bien para toda clase de circunstancias molestas, este fue diseñado originalmente para padres
cuyos hijos de alguna manera han sido lastimados por una
persona o grupo de personas, o para una mujer que es víctima
del abuso doméstico. Los duendes son tal ves las imágenes
más antiguas de la ley matriarcal griega. La combinación triple de Diosa castiga a los agresores que han actuado en contra
de una línea maternal, y fueron llamados originalmente las
Erinyes (las vengadoras). Estas son las hijas de la tierra y de la
sombra, y se piensa que son los espíritus más antiguos, tal vez
proveniente de la creencia en los espíritus ancestrales o fantasmas enojados de los asesinados. Ellos no desistirán en la lucha
contra el crimen. Verlos es ser testigo de las mujeres fuertes y
determinadas que llevan armas de mortandad. Como con el

último ritual, la leche y la miel se consideran ofrecimientos
aceptables para estas deidades.

Utensilios: Aceite para ungir; una campana; un libro de
diario vacío; un lapicero rojo; una vela negra.

Instrucciones: Unja su frente, pecho, hombro izquierdo,
hombro derecho, y frente (otra vez). Haga un círculo
mágico. Sostenga sus palmas juntas a la altura de su
pecho. Cierre los ojos y respire profundamente por lo
menos un minuto. Concéntrese en la luz del universo
que se focaliza en el (los) criminal (es). Está bien si usted
no puede verles las caras, sólo concéntrese en la verdad
universal infundiendo el círculo y la situación.

Baje sus manos a los lados y separe sus pies. Lentamente,
eleve sus brazos, aceptando la luz santa dentro de su
cuerpo. Diga:

Hijas de la tierra y la sombra.
Vengadoras del universo, ¡escuchen mi súplica!

Haga sonar la campana. Coloque sus manos sobre el diario abierto, y con el lapicero rojo, balancee las páginas.
Diga:

A medida que escriba el nombre del criminal,
¡yo pido justicia!

Escriba el nombre. Haga sonar la campana tres veces.
Sostenga sus manos sobre la vela negra y diga:

A medida que encienda esta vela,
¡yo imploro justicia!

Encienda la vela. Haga sonar la campana tres veces.
Coloque la campana y la vela en la cubierta del libro.
Párese normalmente y empiece a aplaudir, diciendo:

Campana, libro y vela;
no más víctimas, no más canallas.
Campana, libro y vela;
duendes a la derecha y duendes a la izquierda;
atrápenlos ahora, que se encuentre la justicia;
campana, libro y vela.

Continúe cantando, visualizando los duendes bajando
desde los cielos y castigando a los criminales. Si tiene un
tambor, puede utilizar el instrumento para ayudar a
acrecentar el poder.

Cuando haya finalizado, haga sonar la campana tres veces. Libere el círculo. Permita que la vela se queme completamente. Cuando el criminal haya sido capturado y llevado a la justicia, queme el libro. No utilice el libro para ningún otro propósito.

Claves para reportar actividades sospechosas

¿Y que están haciendo esas cosas tan normales en un libro mágico? Sólo porque usted quiera hacer hechizos no quiere decir que usted debería practicar la consciencia selectiva. Si usted es testigo de un crimen u observa actividades sospechosas, aquí hay cosas que debería tratar de recordar.

Para un vehículo:

- Número de la placa y ciudad o estado.

- Color del vehículo.

- Estilo (2 puertas, 4 puertas, camioneta, convertible).

- Localización y dirección del viaje.

- Descripción de los ocupantes.

Para una persona:

- Raza.

- Género.

- Ropa: sombrero, chaqueta, camisa, pantalones, zapatos, vestido, blusa, falda.

- Hábitos o características inusuales.

- Características faciales: color de cabello, largo del cabello, cabello en la cara, gafas, dientes que hagan falta, cicatrices, altura, peso, localización y rumbo que llevaba la persona.

Esté alerta. Sea consciente. ¡Sea confiado!

Resolviendo las cosas

Cuando nos suceden cosas desafortunadas, llevamos la ira y frustración dentro de nosotros. Aunque nos encontremos involucrados y hagamos cosas para cambiar el sistema que permitió que algo ocurriera, todavía necesitamos eliminar la ira. Si no tratamos con nuestras emociones negativas, es muy probable que suceda una de estas cosas:

- Usted se enfermará: resfriado, catarro, o algo peor. Yo he notado un buen número de injurias que realmente coinciden con eventos traumáticos en la vida de una persona donde esa persona pensaba que el destino del mundo estaba balanceado sobre sus hombros, y que eventualmente perdería.

- Su personalidad reflejará negatividad, amargura, etc. Usted se encuentra con esas personas todo el tiempo, ¿cierto? Cuando escucho a una persona particularmente desagradable, siempre me pregunto qué evento (o eventos) la llevaron a ese momento crítico en la vida.

- La negatividad de su ira afecta su entorno, halándolo más cerca de la pobreza o a cualquiera que sea su temor más profundo.

- Usted entierra completamente la ira en su subconsciente donde éste se manifiesta años más tarde en una forma emocionalmente estropeada.

A través de los años he recolectado muchas ideas sobre la manera como tratar con la ira.

- Teja la negatividad en cuerdas que usted pueda quemar o enredaderas que pueda arrojar a un cuerpo vivo de agua.

- Siéntese. Ponga sus hombros hacia atrás, respire profundamente varias veces e imagine que la energía negativa está saliendo de su cuerpo, y que la positiva está entrando. Con los hombros todavía hacia atrás, extienda su brazo derecho de manera que quede paralelo al piso y distienda esos músculos. Gire la palma hacia arriba y abajo mientras está distendiendo. Trate de no sobre distenderse. Lleve lentamente ese brazo hasta su regazo, con la palma de la mano en forma de copa como si estuviera sosteniendo las aguas de la vida. Ahora haga lo mismo con el brazo izquierdo. Respire profundamente y sumérjase en un estado de relajación. Usted puede estar cuanto tiempo quiera en esa posición. Utilícela para empezar o finalizar cualquier secuencia de meditación o visualización. Este también es un buen ejercicio antes o después de la devoción en el altar.

- Destierre su ira escribiendo una carta que detalle sus sentimientos. Llame a la Diosa romana Vesta, pidiéndole limpieza y purificación, y luego queme la carta en un ritual de fuego.

Vinculando las cosas

Habrán instancias donde, aunque lo peor ha terminado, hay
que lidiar con los últimos detalles. Muchas veces tratamos de
evitar esos pequeños malestares, pero ellos regresarán a cazar-
nos, de manera que también debemos hacer algo al respecto.
Si esos últimos detalles involucran a otra persona con la que
todavía está hablando, entonces usted puede, como una uni-
dad, hacer este hechizo. Por ejemplo, dos amigos que han
tenido un disgusto, han resuelto lo peor, y ahora deben solucionar el resto de los asuntos si quieren mantener su relación.

Utensilios: Varias yardas de cinta negra; un plato pequeño
de papel; un punzón; pañitos húmedos (si está haciendo
esto con un compañero. Confíe en mi, usted las necesitará); una bolsa plástica resellable lo suficientemente
grande para que quepa el plato.

Instrucciones: Haga el círculo y llame los cuartos. Pida la
asistencia del espíritu. Corte cuidadosamente pedazos de
cinta, de 13 pulgadas de largo, que se ajusten al número
de asuntos sin resolver, más una cinta para los "desconocidos" (algo que usted olvidó o que simplemente no lo

reconoce en este momento). Haga igual número de huecos de manera circular alrededor del plato. Enhebre cada cinta a través de cada hueco, visualizando los asuntos como si estuvieran resueltos. Haga un nudo en ambas puntas de la cinta y diga:

**La circulación de la ira, el odio,
y las heridas, es cortada.
Yo no debo ser cargado por el flujo de la negatividad.
¡Así es ardane!**

Si está haciendo esto con un compañero del cual necesita resolución, es de esperarse que haya llanto. La catarsis experimentada por las lágrimas es buena, por lo tanto no se moleste por eso.

Cuando haya finalizado, ofrezca el plato al universo, pidiendo que haya un cierre. Colóquelo en la bolsa plástica resellable. Si lo desea puede adicionar hierbas curativas al contenido de la bolsa. Entiérrela fuera de su propiedad.

Consejo práctico

Si usted es víctima de un crimen violento, muy probablemente experimentará efectos emocionales duraderos. No reprima sus sentimientos de ira y frustración. Existe un buen número de agencias en su localidad que estarán dispuestas a ayudarlo a trabajar a través de ese evento desafortunado. No hay nada de qué sentirse avergonzado. Si usted es amigo o pariente de una víctima, por favor preste su apoyo emocional y esté disponible para escuchar. Sería sabio si usted también contacta agencias de ayuda (revise si su aseguradora tiene una línea telefónica de ayuda disponible) de manera que usted esté armado con las repuestas apropiadas que su amigo o ser querido pueda necesitar. En la mayoría de los estados de Estados Unidos, si usted es víctima de la violencia doméstica, tiene el derecho de ir a la corte y presentar una demanda solicitando una orden de protección del abuso. Para más información, llame a su programa de violencia doméstica de su región.

Epílogo

Es mi sincera esperanza que los hechizos e ideas prácticas en este libro, mejoren su vida de una manera positiva y productiva. Me gustaría recordarle que estos hechizos no deberían sustituir la acción inteligente en cualquier situación, y no deberían tomar el lugar del consejo médico o legal apropiado.

Con amor,

Silver RavenWolf

Apéndice

Apéndice 1: Tabla de la Hierbas
Hierbas de protección

Albahaca	Laurel
Angélica	Lengua de sabueso
Asafétida	Milenrama
Ajo	Moco de pavo
Acebo	Marrubio
Bonesete	Mandraque
Clavos	Muérdago
Canela	Ortiga
Consuelda	Olmo resbaladizo
Caléndula	Romero
Girasol	Ruda
Hinojo	Salvia
Hiedra	St. John's Wort
	Verbena

Hierbas para romper hechizos

Angélica	Milenrama
Beleño	Ortiga
Cicuta	Ruda
Hierba mora	Sello de Salomón
Marrubio	Tejo

Hierbas para la bendición de casas y negocios

Ajo	Lavándula
Albahaca	Lirio de Florencia
Alcanfor	Llantén
Angélica	Mandraque
Cáscara de naranja	Pino
Cincoenrama	Primavera
Escrofularia	Romero
Flor de saúco	Rowan
Laurel	Ruda

Hierbas de exorcismo

Angélica	Junípero	Pimienta
Albahaca	Lila	Pino
Ajo	Malva	Romero
Cardo	Marrubio	Ruda
Clavo	Menta	Salvia
Comino	Milenrama	Sándalo
Dragón	Mirra	Sangre de dragón
Fumaria	Muérdago	
Heliotropo	Olíbano	

Apéndice 2: Correspondencias mágicas de los colores

Utilice la siguiente lista en caso de duda, pero no vea esta información como la última palabra sobre la magia del color.

Lista de la correspondencia mágica del color

Color	Propósito
Negro	Retornarle a la persona que envía algo; adivinación; trabajo negativo; protección.
Azul-negro	Para el orgullo herido; huesos rotos; protección angelical.
Púrpura oscuro	Utilizado para invocar el poder de los antiguos; sigils/runas; gobierno.
Lavándula	Para invocar el espíritu correcto dentro de usted mismo y favorecer a las personas.
Verde oscuro	Invocación de la Diosa de la regeneración; agricultura; asuntos financieros.
Verde menta	Ganancias financieras (utilizado con el dorado y el plateado).
Verde	Curación o riqueza; punto cardinal Norte.
Verde aguacate	Comienzos.
Verde claro	Mejorar el estado del tiempo.
Azul índigo	Para crear confusión (debe usarse con blanco o usted se confundirá a sí mismo).
Azul	Protección.
Azul rey	Poder y protección.
Azul claro/pálido	Protección del hogar; construcciones; jóvenes; jóvenes masculinos.
Rojo rubí	Amor o ira de naturaleza pasional.
Rojo	Amor; atmósfera romántica; energía; punto cardinal Sur.

COLOR	PROPÓSITO
Rojo claro	Afecto profundo de naturaleza no sexual.
Rosado profundo	Armonía y amistad en el hogar.
Rosado	Armonía y amistad con la gente; magia de atadura.
Rosado pálido	Amistad; mujeres jóvenes.
Amarillo	Curación; también puede representar el punto cardinal Este.
Dorado profundo	Prosperidad; magia del Sol.
Dorado	Atracción.
Dorado pálido	Prosperidad en la salud.
Anaranjado quemado	Oportunidad.
Anaranjado	Ganancia material; para sellar un hechizo; atracción.
Café oscuro	Invocación de la tierra para los beneficios.
Café	Paz en el hogar; magia de las hierbas; amistad.
Café pálido	Beneficios materiales en el hogar.
Plateado	Dinero rápido; invocación de la Luna; juego; magia de la Luna.
Blanco crema	Paz de la mente
Blanco lirio	Madre vela (quemada por 30 minutos en cada fase de la Luna).
Blanco	Rectitud; pureza; usado para el punto cardinal Este; magia de la devoción.
Gris	Hechizos, encantamientos.

Utilice el blanco para sustituir cualquier color.

Colores para los días de la semana

DÍA	COLOR
Lunes	Blanco
Martes	Rojo
Miércoles	Morado
Jueves	Verde
Viernes	Azul
Sábado	Negro
Domingo	Amarillo

Apéndice 3: Símbolos Astrológicos

Utilizado para tallar las velas.

SIGNO ZODIACAL	SÍMBOLO	SIGNIFICADO
Aries	♈	Para iniciar un proyecto.
Tauro	♉	Para obtener y mantener el lujo.
Géminis	♊	Para crear cambios de comunicación.
Cáncer	♋	Para trabajar en emociones positivas.
Leo	♌	Para proteger sus pertenencias.
Virgo	♍	Para recordar los detalles.
Libra	♎	Para traer justicia.
Escorpión	♏	Para intensificar cualquier cosa.
Sagitario	♐	Para atraer el humor y las amistades.
Capricornio	♑	Para planear las finanzas de negocios.
Acuario	♒	Para traer cambios y libertad.
Piscis	♓	Para conectar con el mundo espiritual.

SIGNIFICADO DE LOS PLANETAS

Sol = Exito.   Mercurio = Comunicación.

Luna = Familia.   Júpiter = Expansión.

Venus = Amor y dinero en efectivo.

Saturno = Destierro o restricciones.

Marte = Para iniciar cualquier cosa.

Apéndice 4: Horas planetarias[1]

La selección de un auspicio de tiempo para comenzar un trabajo mágico es de gran importancia. Cuando se comienza algo, su existencia toma las condiciones sobre las cuales comenzó.

Cada hora del día es regido por un planeta y esta toma atribuciones del planeta. Notará que las horas planetarias no tienen Urano, Neptuno y Plutón, pues son considerados como los octavos mayores de Mercurio, Venus y Marte respectivamente. Por ejemplo, si algo es regido por Urano, usted puede utilizar la hora de Mercurio.

El único factor que necesita conocer para usar las horas planetarias es el tiempo de la salida y puesta del Sol para cualquier día, que se puede obtener en un periódico local. Nota: el amanecer y el atardecer del ejemplo variarán de acuerdo a la zona donde usted vive.

Paso 1. Encuentre los tiempos del amanecer y el atardecer, de su localidad, del día escogido en el periódico local. Nosotros utilizaremos enero 2 de 1999 latitud 10 grados, como un ejemplo. El amanecer es a las 6 horas y 16 minutos (6:16 a.m.) y el atardecer a las 17 horas y 49 minutos (5:49 p.m.).

Paso 2. Sustraiga el tiempo del amanecer (6 horas 16 minutos) de el atardecer (17 horas 49 minutos) para obtener el número de horas astro-

----

(1). La información de la hora planetaria está resumida en *Llewellyn's 2000 Daily Planetary Guide,* página 184–185 (disponible en Inglés únicamente).

lógicas de luz del día. Por ejemplo, 6 horas y 16 minutos es igual a 376 minutos; 17 horas y 49 minutos equivale a 1, 069 minutos. Ahora sustraiga: 1,069 minutos menos 376 minutos es igual a 693 minutos.

Paso 3. Enseguida deberá determinar cuántos minutos hay en una hora planetaria diurna del día escogido. Para hacerlo divida 693 minutos (el número de minutos de la hora divina) por 12. La respuesta es 58, redondeado. En consecuencia la hora planetaria para enero 2, 1999 a 10 grados de latitud tiene 58 minutos.

Paso 4. Ahora sabe que cada hora planetaria solar es de 58 minutos aproximadamente. También sabe que la salida del Sol es a las 6:16 a.m. Para el comienzo por cada hora planetaria sume 58 minutos al tiempo del amanecer para la primera hora planetaria, 58 minutos al número resultado para la segunda hora planetaria, etc. De esta forma, la primera hora de nuestro ejemplo es de 6:16 a.m. hasta las 7:14 a.m. La segunda hora es de 7:14 a.m.–8:12 a.m. y así sucesivamente. Note que al redondear el número de minutos del amanecer, la última hora no termina exactamente con el atardecer. Es bueno que usted de un pequeño "espacio" cuando utilice las horas planetarias (También podrá saltarse el paso de redondear las horas).

Paso 5. Ahora, para determinar qué signo rige la hora planetaria diurna consulte su calendario para determinar qué día de la semana es enero 2. Encontrará que fue un sábado en 1999. Luego consulte la siguiente tabla para determinar la hora planetaria de la salida del Sol. En la columna vertical para el sábado encontrará que la primera hora está regida por Saturno, la segunda por Júpiter, y así sucesivamente.

Paso 6. Ahora que ha determinado las horas planetarias diurnas (de salida del Sol), utilizé la misma fórmula para las horas planetarias nocturnas (puesta del Sol), utilizando la puesta del Sol como el comienzo y la salida del siguiente día como su final. Cuando llegue al paso 5, consulte la tabla de puesta del Sol en lugar de la tabla de la salida del Sol.

Horas planetarias
salida del Sol

Hora	Domingo	Lunes	Martes	Miércoles	Jueves	Viernes	Sábado
1	Sol	Luna	Marte	Mercurio	Júpiter	Venus	Saturno
2	Venus	Saturno	Sol	Luna	Marte	Mercurio	Júpiter
3	Mercurio	Júpiter	Venus	Saturno	Sol	Luna	Marte
4	Luna	Marte	Mercurio	Júpiter	Venus	Saturno	Sol
5	Saturno	Sol	Luna	Marte	Mercurio	Júpiter	Venus
6	Júpiter	Venus	Saturno	Sol	Luna	Marte	Mercurio
7	Marte	Mercurio	Júpiter	Venus	Saturno	Sol	Luna
8	Sol	Luna	Marte	Mercurio	Júpiter	Venus	Saturno
9	Venus	Saturno	Sol	Venus	Júpiter	Venus	Júpiter
10	Mercurio	Júpiter	Venus	Mercurio	Marte	Mercurio	Marte
11	Luna	Marte	Mercurio	Júpiter	Sol	Luna	Sol
12	Saturno	Sol	Luna	Marte	Mercurio	Saturno	Venus

Horas planetarias
puesta del Sol

Hora	Domingo	Lunes	Martes	Miércoles	Jueves	Viernes	Sábado
1	Júpiter	Venus	Saturno	Sol	Luna	Marte	Mercurio
2	Marte	Mercurio	Júpiter	Venus	Saturno	Sol	Luna
3	Sol	Luna	Marte	Mercurio	Júpiter	Venus	Saturno
4	Venus	Saturno	Sol	Luna	Marte	Mercurio	Júpiter
5	Mercurio	Júpiter	Venus	Saturno	Sol	Luna	Marte
6	Luna	Marte	Mercurio	Júpiter	Venus	Saturno	Sol
7	Saturno	Sol	Luna	Marte	Mercurio	Júpiter	Venus
8	Júpiter	Venus	Saturno	Sol	Luna	Marte	Mercurio
9	Marte	Mercurio	Júpiter	Venus	Saturno	Sol	Luna
10	Sol	Luna	Marte	Mercurio	Júpiter	Venus	Saturno
11	Venus	Saturno	Sol	Luna	Marte	Mercurio	Júpiter
12	Mercurio	Júpiter	Venus	Saturno	Sol	Luna	Marte

Apéndice 5: fases de la Luna

Luna nueva

- La Luna está de 0 a 45 grados directamente al frente de Sol.
- La Luna sale al amanecer y se al atardecer. Para un uso completo de estas energías, tenga en cuenta este período de tiempo.
- La Luna aparece 3 días y medio después de la Luna nueva.
- Propósito: Comienzos.
- Beneficios: La belleza, la salud, autoperfeccionamiento, granjas y huertas, conseguir trabajo, amor y romance, comunicación y negocios creativos.
- Día festivo pagano: Solsticio de invierno (diciembre 22)[2].
- Nombre de la diosa: Luna Rosemerta.
- Ofrenda: Leche y miel.
- Tema: Abundancia.
- Runa: Feoh para abundancia, Cen para oportunidades, Gyfu para el amor.
- Carta del tarot: El Loco.

Luna creciente

- La Luna está 45–90 grados adelante del Sol.
- La Luna sale a media mañana y se oculta después de la salida del Sol. Para un uso completo de estas energías, tenga en cuenta este período de tiempo.

----

(2). Debido al tiempo astrológico, los solsticios y equinoccios no son siempre en la misma fecha. Otros días festivos paganos diferirán dependiendo de la tradición practicada.

- La Luna aparece de tres días y medio a siete días después de la Luna nueva.
- Propósito: El movimiento de las cosas.
- Beneficios: Animales, negocios, cambios, emociones, fortaleza matriarcal.
- Beneficios: Día festivo pagano: Imbolc (febrero 2).
- Nombre de diosa: Luna de Brigid.
- Energía de la diosa: Diosa del Agua.
- Ofrenda: Velas.
- Tema: Manifestación.
- Runa: Birca para el comienzo; Ing para enfocar.
- Carta del tarot: El Mago.

Primer cuarto

- La Luna está entre 90–135 grados adelante del Sol.
- La Luna sale al medio día y se oculta a la media noche. Para un uso completo de estas energías, tenga en cuenta este período de tiempo.
- La Luna aparece de 7 a 10 días y medio después de la Luna nueva.
- Beneficios: Coraje; magia elemental; amigos; suerte y motivación.
- Día festivo pagano: Equinoccio de primavera (marzo 21).
- Nombre de la diosa: Luna de Persefona.
- Energía de la diosa: Diosa del Aire.
- Ofrenda: Plumas.
- Tema: La suerte.
- Runa: Algiz para la suerte; Jura para el perfeccionamiento y Ur para la fuerza.
- Carta del tarot: La Fuerza o la Estrella.

Gibbous

- La Luna está 135–180 grados adelante del Sol.
- La Luna sale en la mitad de la tarde y se oculta a las 3 a.m. Para un uso de estas energías, tenga en cuenta este período de tiempo.
- La Luna aparece de 10 días y medio a 14 después de la Luna nueva.
- Propósito: Detalles.
- Beneficios: Coraje, paciencia, paz, armonía.
- Día festivo pagano: Beltaine (mayo 1).
- Nombre de la diosa: Luna de Nuit.
- Energía de la diosa: Diosa de las estrellas.
- Ofrendas: Cintas.
- Tema: Perfección.
- Runa: Asa para elocuencia; Wyn para éxito; Dag para la iluminación.
- Carta del tarot: El Mundo.

Luna llena

- La Luna está de 180–225 grados adelante del Sol.
- La Luna sale en la puesta del Sol, se oculta al amanecer. Para un uso de estas energías, tenga en cuenta este período de tiempo.
- La Luna aparece de 14 a 17 días y medio después de la Luna nueva.
- Propósito: terminar un proyecto.
- Beneficios: labores artísticas, belleza, salud, renovación, cambio, decisiones, niños, competición, sueños, familias, conocimiento, negocios legales, amor, romance, dinero, motivación, protección, poder psíquico, autoperfeccionamiento.
- Día festivo pagano: solsticio de verano (junio 21).
- Nombre de la diosa: Luna de Sekhmet.
- Energía de la diosa: Diosa del fuego.

- Ofrenda: Flores.
- Tema: Poder.
- Runa: Sol.
- Carta del tarot: El Sol.

Diseminación

- La Luna está 225–270 grados adelante del Sol.
- La Luna sale a mitad de la noche y se oculta a mitad de la mañana. Para un uso completo de estas energías, tenga en cuenta este periodo de tiempo.
- La Luna aparece 3 días y medio a siete después de la Luna nueva.
- Propósito: destrucción inicial.
- Beneficios: adicción, decisiones, divorcio, emociones, estrés, protección.
- Nombre de la diosa: Luna de Hecate.
- Energía de la diosa: Diosa de la Tierra.
- Día festivo pagano: Lammas (agosto 1).
- Ofrenda: Cereales o arroz.
- Tema: Nueva valoración.
- Runa: Thorn para defensa y destrucción; Algiz para al protección.
- Carta del tarot: Torre para la destrucción; la Esperanza para la protección.

Último cuarto

- La Luna está 270–315 grados adelante del Sol.
- La Luna sale a la medianoche y se oculta al mediodía. Para un uso de estas energías, tenga en cuenta este período de tiempo.
- La Luna sale de 7 a 10 días y medio después de la Luna llena.

- Propósito: Destrucción absoluta.
- Beneficios: Adicciones, divorcio, finalización, salud y curación (eliminación), estrés, protección, ancestros.
- Día festivo pagano: Equinoccio de otoño (septiembre 21).
- Nombre de la diosa: Luna de Morrigan.
- Energía de la diosa: Diosa de la cosecha.
- Ofrenda: Incienso.
- Tema: Eliminación.
- Runa: Hagal; Ken para eliminación; Nyd para cambios, Isa para comprometer.
- Carta del tarot: El Juicio.

Balsámic (Luna oscura)

- La Luna está 315–360 grados lejos del Sol.
- La Luna se eleva a las 3:00 a.m. y se oculta a mitad de la tarde. Para un uso de estas energías, tenga en cuenta este período de tiempo.
- La Luna sale de 10 días y medio a 14 después de la Luna llena.
- Propósito: Descanso.
- Beneficios: Adicciones, cambio, divorcio, enemigos, justicia, obstáculos, riñas, eliminaciones, separaciones, acabar con robos y hurtos.
- Día festivo pagano: Samhain (octubre 31).
- Nombre de la diosa: Luna de Kali.
- Energía de la diosa: Diosa de la oscuridad.
- Ofrenda: Honestidad.
- Tema: Justicia.
- Runa: Tyr para la justicia; Ken para la eliminación.
- Carta del tarot: La Justicia.

Bibliografía

Biographical Dictionary. New York: Oxford University Press, 1993.

Beyerl, Paul. *A Compendium of Herbal Magick.* Custer, Wash: Phoenix Publishing, Inc., 1998.

Bunson, Matthew. *Angels A to Z—A Who's Who of the Heavenly Host.* New York: Crown Trade Paperbacks, 1996.

Carlson, Richard. *Don't Worry, Make Money.* Hyperion, 1997.

Cunningham, Scott. *Cunningham's Encyclopedia of Magical Herbs.* St. Paul, Minn.: Llewellyn, 1992.

Cunningham, Scott and David Harrington. *The Magical Household.* St. Paul, Minn.: Llewellyn, 1983.

Dixon-Kennedy, Mike. *Celtic Myth & Legend, An A-Z of People and Places.* London, England: Blandford Publishing, 1996.

Graves, Robert. *The White Goddess.* New York: Farrar, Straus and Giroux, 1948, 1986.

González-Wippler, Migene. *Rituals and Spells of Santería.* Plainview, NY: Original Publications, 1984.

———. *Santería: African Magic in Latin America.* Plainview, NY: Original Publications, 1987.

Jones, Allison. *Larousse Dictionary of World Folklore.* Edinbourough, England: Larousse, 1995.

Leach, Maria, ed. *Funk & Wagnall's Standard Dictionary of Folklore, Mythology, and Legend.* San Francisco: Harper SanFrancisco, 1972.

★ ★ ★
★ 264 ☾ ★

Lippman, Deborah and Paul Colin. *How to Make Amulets, Charms &
   Talismans: What They Mean and How to Use Them.* Philadelphia:
   J. B. Lippincott Company, 1979.

Mercatante, Anthony S. *Facts on File Encyclopedia of World Mythology
   and Legend.* New York: Oxford, 1988.

Mundis, Jerrold. *How to Get Out of Debt, Stay Out of Debt & Live
   Prosperously.* New York: Bantam, 1988.

Redmond, Layne. *When the Drummers Were Women.* New York: Three
   Rivers Press, 1997.

Roman, Sanaya and Duane Packer. *Creating Money: Keys to Abundance.*
   H. J. Kramer, Inc., 1987.

Stokes, Gillian. *Becoming Prosperous: A Beginner's Guide.* England:
   Hodder & Stoughton, 1997.

Valiente, Doreen. *An ABC of Witchcraft.* Custer, Wash.: Phoenix, 1973.

Walker, Barbara. *The Woman's Dictionary of Symbols and Sacred Objects.*
   San Francisco: Harper Collins, 1988.

———. *The Woman's Encyclopedia of Myths and Secrets.* San Francisco:
   Harper SanFrancisco, 1983.

Índice

Silver RavenWolf

HECHIZOS PARA LA PROSPERIDAD

Aprenda cómo optimizar su dinero. Haga desaparecer
aquellas cuentas que lo martirizan a diario. Colecte el
dinero que le deben. Estos y otros consejos prácticos le
ayudarán a poner en orden sus finanzas.

5³⁄₁₆"x 6" • 264 pgs.

1-56718-730-7

LLEWELLYN ESPAÑOL

Silver RavenWolf

HECHIZOS PARA EL AMOR

Ya sea que desee encender la llama de la pasión
a travéz de la magia con velas o terminar una relación
amarga con el hechizo del limón, *Hechizos para el amor*
le enseñará más de cien maneras para encontrar,
retener o inclusive disipar el amor de su vida.

5³⁄₁₆"x 6" • 312 pgs.

0-7387-0064-9

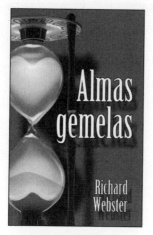

Richard Webster

ALMA GEMELAS

Aprenda cómo encontrar a esa persona especial
con la queha compartido muchas vidas.
Lea historias emocionantes sobre almas gemelas y
descubra cómo recordar sus vidas pasadas
y sus contactos con otras almas.

$5\frac{3}{16}$" x 8" • 264 pgs.

0-7387-0063-0

LLEWELLYN ESPAÑOL

J. H. Brennan

LA MAGIA DEL I CHING

En los últimos cinco mil años, los chinos se han
beneficiado de un oráculo ancestral
—una reliquia que les permite ver su futuro y
trazar senderos de poder personal,
y crecimiento espiritual—.
Ahora usted también podrá beneficiarse
de los increíbles poderes del I Ching.

7½" x 9⅛" • **264 pgs.**

1-56718-083-3

Edain McCoy
ENCANTOS DE AMOR

Encantos de amor le puede ayudar a atraer,
conservar y mejorar sus relaciones de pareja a travéz
de este libro mágico con 90 encantamientos.

7½"x 9⅛" • 240 pgs.

1-56718-701-3

LLEWELLYN ESPAÑOL

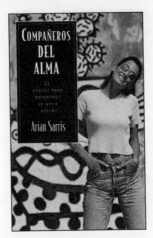

Arian Sarris

COMPAÑEROS DEL ALMA
21 FORMAS PARA ENCONTRAR
SU AMOR ETERNO

Es imposible encontrar a la pareja perfecta con sólo
desearlo. En esta obra se incluyen 21 ejercicios diseñados
para cambiar la atracción magnetica de su aura.

5³⁄₁₆" x 8" • 240 pgs.

1-56718-613-0

Richard Webster

REGRESE A SUS VIDAS PASADAS
12 TÉCNICAS COMPROBADAS

Los recuerdos de sus vidas pasadas pueden
traer luz sobre su propósito en la vida y ayudarle
a curar sus heridas del presente.
Ahora usted podrá recordar sus vidas pasadas
sin la ayuda de un hipnotísta

$5\frac{3}{16}$" x 8" • 264 pgs.

0-7387-0196-3

MANTÉNGASE EN CONTACTO...

Visítenos a través de Internet, o en su librería local,
donde encontrará más publicaciones sobre temas relacionados.

www.llewellynwespanol.com

CORREO Y ENVÍO

- ✔ $5 por ordenes menores a $20.00
- ✔ $6 por ordenes mayores a $20.01
- ✔ No se cobra por ordenes mayores a $100.00
- ✔ En **U.S.A.** los envíos son a través de UPS. No se hacen envíos a Oficinas Postáles. **Ordenes a Alaska, Hawai, Canadá, México y Puerto Rico** se envían en 1ª clase. **Ordenes Internacionales:** *Envío aéreo*, agregue el precio igual de c/libro al total del valor ordenado más $5.00 por cada artículo diferente a libros (audiotapes, etc.). *Envío terrestre*, agregue $1.00 por artículo.

ORDENES POR TELÉFONO

- ✔ Mencione este número al hacer su pedido: **1-56718-731-5**
- ✔ Llame gratis en los Estados Unidos y Canadá al teléfono:1-800-THE-MOON. En Minnesota, al (651) 291-1970
- ✔ Aceptamos tarjetas de crédito: VISA, MasterCard y American Express.

OFERTAS ESPECIALES

- ✔ 20% de descuento para grupos de estudio. Deberá ordenar por lo menos cinco copias del mismo libro para obtener el descuento.

4-6 semanas para la entrega de cualquier artículo. Tarifas de correo pueden cambiar.

CATÁLOGO GRATIS

Ordene una copia de Llewellyn Español. Allí encontrará información detallada de todos los
libros en español en circulación y por publicarse. Se la enviaremos a vuelta de correo.

LLEWELLYN ESPAÑOL
2002

P.O. Box 64383, Dept. 1-56718-731-5
Saint Paul, MN 55164-0383
1-800-843-6666